KB122779

미치도록 행복한 어린왕자

2016 장애인 창작집 발간지원 사업 선정 작품집

미치도록 행복한 어린왕자

1쇄 발행일 | 2016년 12월 23일

지은이 | 박세아
펴낸이 | 정화숙
펴낸곳 | 개미

출판등록 | 제313－2001－61호 1992. 2. 18
주소 | (04175) 서울시 마포구 마포대로 12, B-127호(마포동, 한신빌딩)
전화 | (02)704－2546
팩스 | (02)714－2365
E-mail | lily12140@hanmail.net

ISBN 978－89－94459－75－2 03810

값 10,000원

주최 | 대한민국 장애인 창작집필실
주관 | 장애인인식개선오늘(고유번호 305-80-25363. 대표 박재홍)
심사 | 발간지원 사업 심사위원회
후원 | 대전광역시, 대전문화재단, 대전시버스운송사업조합, (주)삼진정밀,
(주)맥키스컴퍼니, 계간 문학마당
문의 | (042)826-6042

미치도록 행복한 어린왕자

박세아 수필

개미

| 발간사 |

새장 안에 갇힌 새들은 날 수 없을 뿐더러 자유를 갈망하는데도 불구하고 원근을 잊어버립니다. 길은 늘 마을에 닿아 있으나 장애인 문화예술에는 적용되지 않았습니다. 그렇다면 장애인 문화예술의 가장 큰 적은 무엇이냐? 라고 물으시면 서슴없이 '이동권의 제약이다' 라고 말씀드리겠습니다.

사막에 하루 만에 길을 내는 우리의 기술이 장애인에게 문화를 향유하고 발표할 수 있는 기회를 지금껏 주지 않고 있는 사실에 대하여 주목해야 합니다. 온라인은 세계의 장벽을 무너뜨린 지 오래고, 신 부족국가라는 타이틀 안에서 유리하고 있습니다만 아직 이 땅에는 문밖을 나설 수 없는 재가장애인들이 고립무원의 세상에서 살고 있습니다.

콘텐츠의 생산적 가치는 국가의 부와 일맥상통함에도 불구하고 기초수급권이라는 금제에 의해 장애인 스스로의 생산성을 포기하는 나라는 흔치 않습니다. 우리나라는 이상하게도 장애인들의 생산성을 제도적으로 포기하고 있습니다. 재가장애인과 시설장애인은 지역마다 특화되어 지방자치단체의 자체의 흡수가 부족하여 전국을 떠돌고 있는 실정입니다.

그동안 전국 장애인을 대상으로 발간사업을 진행해 왔던 〈장애인인식개선 오늘〉의 노력은 항상 현실적 이해의 벽에 부딪치고 있습니다. 2011년 한국문화예술위원회에서 한국 최초로 장애인문학예술전용공간 설립을 지원받았고, 2013년부터 대전광역시가 전국 최초로 장애인인문학 예술전용공간 발간사업에 지원을 허락해 매년 지속사업을 실행해 왔습니다.

그로부터 3년째 접어든 현재에 이르러서는 〈대한민국장애인창작집필실〉은 2014년 세종도서문학나눔 우수도서에 세 사람의 작가를 배출하였고, 그에 따른 공로로 2015년 대한민국장애인문화예술대상에 문학부문 대상인 문화체육관광부 장관상을 수상하게 되었습니다.

2016년 현재는 어떻게 변하였을까요? 〈장애인인식개선 오늘〉은 대전지역 내에 거주하는 장애, 비장애 예술인들을 위한 특별한 기획을 하였습니다. 중증장애인 산문집 그리고 개인 시집과 동인 시집을 포함 총 4권 16분의 작가를 발굴하였으며, 한국문화예술위원회의 공모사업에 참여하여 선정되었습니다.

그리고 특별하게 그동안 발굴한 장애인 작가와 장애인 가족들의 발표된 저작물에 시 작품을 추려 작곡가를 위촉하고 작곡을 의뢰하였습니다.

충청권의 젖줄인 금강과 전통재래시장의 이야기를 담아 오케스트라곡, 시극, 무용곡, 가곡, 가요 등을 전방위적으로 콘텐츠를 제작, 기호학의 성지라는 충청권과 대전이라는 상징성을 브랜드화하기 위해 노력하고, 기호학을 성장 동력으로 삼아 장애인문화예술의 생산적 콘텐츠 제작을 위해 열과 성을 다하고 있습니다.

그렇습니다. 한국문화예술위원회, 대전광역시, 대전문화재단 어느 한 기관 소중하지 않는 것이 없습니다. 이제는 대전광역시 버스운송조합, 맥키스 컴퍼니, 삼진정밀, 렛츠런과 일일이 열거하지 못한 개인 기부자 등 지역에 기반을 둔 기업들의 관심과 후원자, 지역시민단체, 대전예총, 지역 예술인과 대전장애인단체총연합회 등의 응원은 자양분을 넘어 '장애인 문화운동'의 큰 밑거름이 되고 있습니다.

뿐만 아니라 장애인문화예술의 제도개선을 위한 노력은 포럼과 토론회를 통하여 지속적으로 펼치고 있습니다. 또한 장애인 인권의 하드웨어 구축을 위한 이해 당사자들이 학계, 기관, 사회단체, 장애인단체 등이 참여하여 민간교재 집필을 준비 중에 있습니다.

그리고 전시 공연에 이루 헤아릴 수 없는 숨은 응원을 주신 분들과 자원봉사자들, 예술인, 청소년, 장애인, 알음알음 알고 찾아

오셔서 함께한 시민들, 기관분들 한 분 한 분들이 얼마나 귀하고 소중한지, 또한 지역을 이렇게 뜨겁게 사랑하고 계시는 것에 회를 거듭할수록 감사함이 차고 넘치고 있습니다. 앞으로 대전광역시가 전국 광역단체 장애인들을 위한 프로그램 개발에 아낌없는 협력과 지원으로 장애인문화예술의 더욱더 큰 생산적 콘텐츠를 실행하여 지역민들과 지역 장애인들을 위한 사회공헌에 힘쓰고 싶은 게 작은 바람입니다.

모쪼록 선정된 작가 여러분들의 노고에 깊이 감사를 드리고, 선정되지 못한 분들은 실망하지 마시고 다음에 더욱 좋은 작품으로 기여하는 계기로 만나지기를 진심으로 부탁드립니다.

2016년 겨울
장애인인식개선 오늘
대표 박재홍

| 작가의 말 |

미치도록 행복한 삶 "몰입"을 위하여

— 행복은 어디에서 오는 것일까요

돈이 많거나 건강하거나 그런 사람들이 행복할까요? 그러면 돈이 없는 사람이거나 몸이 건강하지 못한 사람은 어떻게 되는 것일까요? 진짜 행복한 사람은 어디 있습니까? 오늘날 이 시대를 살아가는 사람들에게 물어보고 싶습니다. 정말 행복한 사람 없습니까?

행복한 것을 어디서 찾느냐면 주위 환경을 이기고 당당하게 맞설 때 미치도록 행복한 나를 발견하게 된다고 생각을 합니다.

어린 시절 아버지를 일찍 여위였습니다. 어머니 혼자서 나를 길러야 했는데 나를 기르기 어려워서 작은아버지와 할머니 할아버지에게 때어놓고 어머니는 돈을 벌려가야 됐습니다. 나는 혼자 남게 되었습니다.

그리고 또한 아버지가 돌아가시던 해에 고열로 인하여 뇌성마비 장애인이 되었던 것입니다. 아무데도 가지 못하고 그냥 앉아 있거나 누워서 천장을 바라보고 살아야만 했습니다. 나는 어느 날 미치도록 일어나고 싶은 마음이 생겼습니다. 온몸에 땀이 나고 그렇게 다리는 부들부들 떨며 일어나는 것이었습니다. 그때부터 조금씩 조금씩 걷기 시작했습니다.

항상 나는 혼자 떨어져 있는 우주공간의 별과 같은 곳에서 살았습니다. 나를 진정으로 이해하는 사람은 아무도 없었습니다. 항상 양보하며 항상 나의 것을 다른 사람에게 돌리며 그렇게 살았습니다.

나에게 적이 없었습니다. 적이 없었다는 것은 결국 좋은 것만은 아닙니다. 싸우지 못하는 아이죠, 힘도 없고 능력도 없고 부모의 백도 없는 그런 아이, 우리 엄마는 그런 나에게 자꾸자꾸 양보하라고 했습니다. 엄마는 그것이 최선의 방법이었을 것입니다. 그래야 다른 사람에게 사랑받는다고 말이죠. 그러나 그것은 아니었습니다. 내 것을 다 빼앗기고 마음이 갈래갈래 찢어지는 아픔을 감당해야 했습니다. 우리 엄마가 조금만 더 내 편이 되어 주었다면 나는 아마 조금은 더 외적으로 심적으로 성장했을 겁니다.

아직까지도 나에게는 두려움과 떨림이 있습니다. 지금도 싸우지 못합니다. 어떻게 싸우는지도 모릅니다. 그래서 나는 이 황량한 우주 공간에 떠돌아다니며 살지 않았는가 생각이 듭니다.

나는 공동체를 잘 섬겼습니다. 근 20년 동안 공동체 생활을 했는데 남들 같으면 큰 시설을 만들거나 아니면 사업적으로 수완을 발휘하여 정말 외적으로 성장할 수 있게 되었겠지요. 그러나 나는 또 주위 있는 사람들을 도와주고 그분들의 말을 들어주다 보니까 많이 힘이 들었습니다. 항상 그들의 편에 서서 어려움을 들어주고 내가 더 많이 포기하고 내가 더 많이 양보하게 되었습니다. 그렇다고 해서 나에게 돌아오는 것은 별로 없었습니다. 나에게 돌아오는 것은 조금만 안해주면 원망과 질타뿐이었습니다. 장애인으로서 엄청 어려운 일이었습니다. 항상 다른 사람들은 얼굴만 바라보고 그들의 좋은 것들만 채워주는 그런 사람이었습니다. 물론 이런 생활이 나쁜 것은 아니었습니다. 그분들과 함께 했던 시간들이 정말 감사하고 행복한 시간이 더 많았습니다.

나는 결혼하고서 내 편이 있다는 것을 느꼈습니다. 아~하 이런 것도 있구나 생각했습니다. 부모나 가족은 때로는 싸우고 때로는 나쁜 일이 있었더라도 이해해주고 내 편이 되어주는 것이다. 라는 것을 깨닫게 되었습니다.

우리집 같으면 네가 참아라, 네가 이해해라 그럴 텐데 처가댁은 다른 모습이었습니다. 정말 가족으로서 잘못을 했을지라도 이해해주고 내 편에 서서 싸워주고 그런 모습이 정말 아름답고 처음 보는 모습이었습니다. 아~하 저렇게도 하는구나. 그런 생각이 들었습니다.

나는 지금까지 있는 것들을 그냥 달라는 대로 다 줬습니다. 내 옆에 있는 사람들이 무엇을 달라고 하면 거의 다 주기만 했습니다

다. 그런데 우리 아내는 지혜로웠습니다. 나눠주는 것도 잘 나눠주고 내가 필요한 것은 잘 챙기는 그런 삶을 살았습니다. 지금 아마 아내가 없었다면 나는 죽었거나 사역을 못하고 있었을 것입니다.

나는 지금까지 잘못 산 것처럼 그렇게 느껴졌습니다. 물론 내가 헛살았다는 것은 아니지만은 지금까지 20년 동안 사역을 해오면서 지금도 임대 아파트에 살고 있습니다. 아마 대한민국에서 사회복지를 20년했다면 지금쯤 그럴듯하게 시설도 확장하며 살았겠죠. 사람들이 지금 함께 사는 장애인들이 몇 명이냐고 물어보면 3명입니다. 그러면 의아해하거나 무시하는 눈초리를 보냅니다. 나는 장애인들을 위해 열심히 살았고 행복을 주려했고 부모 입장에서 생각한 것이 잘 못 산 것 같습니다. 그러나 아니죠, 나는 행복하게 살았으니까요.

또 뇌성마비로서 한국의 최초 1호 목사로서 살아왔습니다. 남들에게 무시당하고 고난당하는 것이 나를 다시 살아나게 하는 원동력이었고, 도전하며 살게 했습니다. 진정한 거룩함을 느끼며 예수님을 따라 순종하는 수도자로서 삶을 살 수 있음을 감사로 생각합니다.

지금까지 삶을 보면 어려움도 있었고 슬픔도 있었습니다. 그러나 과거에도 그렇고 지금도 그렇고 앞으로도 진짜 행복을 위하여 살아 갈 것입니다. 내 마음속에 나도 원하고 이 세상도 원하는 모든 것을 물이 흘러가듯이 넘치지도 않고 모자라지도 않게 아름다운 세상을 만들 것입니다. 진짜 미치도록 행복한 세상, 그런 세상을 만들고 싶습니다. 지금까지도 잘 살아왔듯이 앞으로도 모든 역경과의 슬픔을 이기고 잘 살 것입니다.

이 책이 나오기까지 우여곡절이 많았습니다. 목 디스크로 쓰러져 수술하고 회복하는 2년 동안 글을 썼습니다. 나는 입으로 녹음을 하면 활동보조 선생님들이 녹음한 내용을 받아 적으면 내가 다시 교정을 보았습니다. 글을 써주신 사람이 아내를 비롯해서 4명 이상입니다. 처음에는 우리 침례교 요단출판사에 의뢰했다가 퇴짜를 맞고, 친구 김영태 목사가 출판을 준비 중 장애인인식개선오늘 박재홍 대표를 만나 장애인 작가들을 위한 창작기금으로 드디어 출판이 되었습니다. 한남대학교 문예창작학과 김완하 교수님과 전자통신연구원 송호영 선생님의 추천으로 장애인 창작기금에 추천되어 선정되었기에 감사를 드립니다.

나는 이 책을 쓴 이유는 지금 모든 것을 포기하고 시름하는 대한민국 국민들의 마음을 감싸주고 상처를 치유해주기 위함입니다. 너무 힘들어 하는 사람들 포기하는 젊은이들에게 다시 일어나길 바라면서 글을 썼습니다. 나의 삶의 모습을 보고 포기하지 않는 삶을 살도록 인도해주고 싶습니다. 장애인으로 힘들고 어려워도 포기하지 않고 자기가 맞는 길을 찾아 희망을 버리지 않고 할 수 있는 것이 무엇인가 생각하며, 끊임없이 노력하는 정신이 몰입의 정신이라고 생각하고, 인생의 길을 긍정적으로 개척하는 정신을 보여 주고 싶었습니다.

2016년 12월

박세아 목사

수필집
미치도록 행복한 어린왕자
차례

제1부
세상 속으로 들어간 어린왕자

제2부

꿈을 꾸는 어린왕자

제3부

행복을 꽃 피우는 어린왕자

제1부

세상 속으로 들어간 어린왕자

학고방에서 피운 꿈

어린 시절 아버지는 나를 낳고 바로 돌아가셨습니다. 그래서 더욱 할머니와 할아버지에게 애절함과 기쁨을 주는 손자였습니다. 할아버지는 고모들이 나를 만지는 것도 못마땅해 할 정도로 끔찍하게 아꼈습니다. 그렇게 주위 사람들에게 동정과 사랑을 함께 받는 귀한 존재였습니다. 사람들이 나만 나타나면 서로 안아 보려고 하기도 하고, 어린 소녀들과 아주머니들에게 귀여움을 많이 받는 존재였습니다. 그러나 나는 아버지가 없는 상황에서 갑자기 고열이 찾아오게 되었습니다. 그 고열로 인하여 어린 시절에는 몸을 가누지도 못하고, 말도 늦고, 앉아서 기어 다니는 상황이였습니다. 나의 장애는 요즘 말로 뇌병변장애라고 하는 것이었습니다. 어머니와 가족들은 병을 고치려고 여러 가지 방법을 동원하여 치료하여 보았지만 차도는 없었습니다.

어머니는 시골에서 있다가는 나의 병도 고칠 수 없고, 돈을 벌어야 살겠구나 하는 생각에 나를 시골 동네에 떼어놓고 읍내로 돈을 벌기 위하여 떠나갔습니다. 나는 어머니랑 헤어진 후 많이 울었습니다. 어머니가 보고 싶어서 항상 내 눈가에는 눈물이 마를 날이 없었고 나의 마음속에 그리움처럼 남아서 존재했습니다. 나는 걷지도 못해서 하루 종일 집에서 지내야 했고, 할머니, 할아버지, 작은아버지 가족 그리고 고모들 여러 명이 계셨지만 나의 마음 속은 어머니뿐이었습니다.

우리 가족들 모두가 나를 다 좋아했는데, 그중에 하나가 할머니셨습니다. 전형적인 시골분으로 거의 매일 집안일과 농사일을 책임지고 하시며 자녀들을 위하여 희생하시는 그런 분이셨습니다. 그 동네에서는 솔밭에 솔잎 떨어진 것을 갈쿠리로 모아서 밥도 하고 난방용으로 때기도 하는 때였습니다. 그날도 솔잎을 모아서 가져왔습니다. 더 많이 솔잎을 털기 위하여 하늘을 보고 나무를 흔들었습니다. 그 순간 솔잎이 눈에 박혀 실명을 하셨습니다. 그날 이후로 할머니의 한쪽 눈 색이 회색으로 변했습니다. 우리 할머니는 교회를 다니셨는데 새벽마다 교회에 가셨습니다. 새벽에 할머니께서 나가십니다. 내 얼굴에 치맛자락이 스치면 깨고, 들어 올 때는 차가운 치맛자락이 얼굴을 스치면, 또 한 번 깨었습니다. 할머니께서는 자녀들을 위하여 그리고 나를 위하여 기도를 했던 것이었습니다. 할머니의 기도는 뜨거운 눈물이 되어 삶의 고통도 잊는 간절함에 대상이었던 것입니다.

할머니께서는 나를 업고 엄마가 일하는 가게로 버스를 타고 찾아가고는 했었는데, 그때가 가장 신나고 즐거웠습니다. 그렇게 할머니 등에서 본 세상은 참으로 멋지고 신나는 일들이 많았습니다. 차가 지나가고 신작로를 따라 먼지 날리는 버스를 타고 오기도 하고 했습니다. 하루는 어머니 가게에 갔을 때 할머니께서 길을 잃어버렸습니다. 할머니는 당황해하시며 이리저리 가게를 찾아 무거운 나를 업고 헤매서 다리도 아프고, 몸은 지쳐가고 있을 때, 지나가는 사람들이 바라보기도 하고 할머니께서 힘들게 업고 다니시는 것을 불쌍한 눈초리로 바라보기도 했습니다. 이렇게 영동 읍내 시장 골목을 누비며 할머니의 등에서 보는 세상은 신비로움과 어머니를 빨리 만나로 가야겠다는 생각이 교차했습니다. 나의 머릿속에 시장 골목이 낯설게 느껴지지 않았습니다.

"할머니 이쪽으로" 하면 할머니가 방향을 바꾸시고, "할머니 저쪽" 하면 할머니께서는 나의 지시대로 움직이셨습니다. 이렇게 해서 할머니와 나의 합작으로 어머니를 극적으로 만났습니다. 할머니의 등에서 보이는 세상은 미지의 세계를 찾아 탐험하는 원정대처럼 새로운 신비의 경험을 하게 했습니다.

할아버지는 조그마한 학고방 가게를 하셨는데, 맛있는 과자도 팔고, 담배와 술도 파는, 동네에서 유일한 구멍가게였습니다. 할아버지께서는 거의 학고방에 계셨고 가끔 집에 오는 날이면 뻥튀기를 한 봉지씩 갖다 주고는 했습니다. 할아버지께서는 일찍 돌아가셨지만 어린 시절 꿀맛 나는 추억을 만들어 주신 인자한 분이셨습니다. 학고방에는 할아버지께서 주무시는 조그마한 방이 있었습니다. 학고방은 나무판자로 지어졌었는데 그 동네에서 유일하게 장사를 하는 곳이기도 했습니다. 조그마한 방에는 창문이 하나 있었는데 환한 빛이 들어오고는 했습니다. 또한 겉은 나무판자로 되어 있었기 때문에 빛이 들어와 검은색과 하얀색의 조화가 또 다른 황홀감을 주는 놀이 같은 신비로움을 주는 장소였습니다. 안에 있으면 나무판자 사이로 지나가는 동네 사람들이 보였고, 지나가는 사물과 소리에 재미가 있었습니다. 학고방은 다른 사람을 바라볼 수 있고 들을 수 있는 아름다운 공간이기도 했습니다. 나무판자 사이로 들어오는 햇빛도 눈이 부셨습니다. 나는 그 속에서 꿈을 꾸기도 했는데 내가 일어나는 꿈이었습니다. 어느 날 학고방 안에서 벽을 짚고 일어나려고 시도를 했습니다. 발에 힘을 주고 벌벌 떨면서 온몸에 에너지를 쏟아부었습니다.

"나도 일어나고 싶다" 라는 생각이 간절했습니다. 내 안에서 무엇인가 꿈틀거림이 있었습니다. 넘어지면 또 일어나려고 떨리고 찌푸린 이마는 이미 땀이 송글송글 올라왔습니다.

"한 번 더 일어나 보자" 다시 힘을 주고 또다시 시도를 했습니다.

"이얏! 으앙 흐흐흑. 그래 또 해 보는 거야. 일어나 다시 한 번"

외치고 또 외치고 그리고 온몸에 힘을 주어 일으켰습니다. 온몸은 벌벌 떨고 있었지만 나는 드디어 일어났고, 해낸 것이었습니다. 한 발 두 발 내디뎠습니다. 내가 걷고 있었습니다. 나는 상상도 하지 못했던 것이 내 눈 앞에서 일어나고 있었습니다. 그래서 나는 앉아서 기어 다녔던 내가 이제는 조금씩 걷게 되었습니다. 그때가 여섯 살이었습니다. 순간 그 방안은 찬란한 빛이 일어났고 내 얼굴에서는 금빛 같은 땀방울이 기쁨이 되어 흐르고 있었습니다. 나를 둘러싸고 있는 행복의 무지개가 보호하고 있는 것이 느껴졌습니다. 조그마한 나만의 공간에서 몸이 움직이지 않았음에도 불구하고 별을 찾는 꿈을 꾸며 도전을 시도했던 것입니다. 이런 모든 것을 볼 때 어렸을 때부터 세상을 이기게 하는 어떤 힘이 돕고 계셨다는 것입니다.

울타리 밖으로

나는 겨우 여섯 살이 돼서야 걸음마를 시작한 것입니다. 그러나 아직은 동네에서조차 걸어서 나갈 수 없었습니다. 많은 장애물이 있는 시골이기 때문에 밖은 온통 흙이나 논과 밭이었습니다. 집에서도 간신히 방이나 마루에 앉아서 발로 몸을 끌고 다니는 정도였습니다. 일어났다고는 하지만 걸음마를 배우는 데에는 삼사 년이 더 걸린 셈입니다. 항상 할머니나 친지들에 의하여 업혀서 다니고는 하였습니다. 그러나 세상은 항상 신비롭고, 아름답게 보였습니다. 우리집 문을 열면 양산 뜰이 보이는데 비봉산 아래로 4km에서 5km 정도 펼쳐진 넓은 평야였습니다. 그리고 우리 마을이 있었고, 또 뒤로는 양산팔경 중에 하나인 송호리 솔밭과 어우러지는 금강이 흐르고, 금강 뒤로는 산이 펼쳐져 있는 아주 아름다운 마을이었습니다. 송호리는 크게 세 부락으로 나눠 있었고 옛날에 장이 섰던 곳이라고 해서 장터, 아래에 있다고 해서 아랫말, 가운데는 우리집이 속해 있는 서당말, 이곳은 우리 박씨 조상을 모시는 사당도 있고, 글 배우는 서당이 있어서 그렇게 불러졌습니다. 자연 속에서 농촌과 어우러져 만나는 것마다 신비롭고 사람들의 얼굴은 밝았습니다. 엄마가 없다는 것 빼고는 모든 것이 좋은 환경이었습니다.

나는 여덟 살에 학교를 들어갔지만 그때도 걸음걸이와 몸놀림이 자유롭지 못했기 때문에 학교에 적응할 수 없어서 조금 다니다가 말았고, 1년이 지나서야 본격적으로 다니게 되었습니다. 학교는 또 다른 행복을 주는 곳이었습니다. 동네 아저씨들이 내가 걸어가면 업어서 데려다 주기도 하고 작은아버지께서 업어주시기도 했습니다. 학교는 양산 뜰을 지나는 논둑길을 지나 신작로 길을 1km를 가야만 하는데, 나는 그 길을 한 시간을 걸어야 갈 수 있었습니다. 겨울이면 비봉산에서 내려오는 찬바람이 양산 뜰로 불어왔습니다. 그때는 어린 나이였기 때문에 몸이 날아가는 것 같았고, 너무 추워서 뼛속까지 고통이 들어왔습니다. 그 길을 걷는 동안 힘들었지만 살아야겠다는 생각으로 눈보라를 뚫고 걷고 또 걸었습니다. 그때는 너무 추워서 몸이 잘 움직이지도 않았기 때문에 더욱더 힘이 들었습니다. 나의 마음속에서는 항상 살아야겠다는 생각으로 그 눈보라를 뚫고 학교를 다녔습니다. 학교생활에서는 내가 요즘 말하는 왕따라는 것도 경험했습니다. 학교에서 집에까지 가는 도중에 동네 꼬마들이 따라와서 놀리고 돌을 던지고 따라 다니면서 괴롭혔습니다. 그리고 동네에서 나만 집중적으로 때리는 동생 친구가 하나 있었습니다. 나만 만나면 욕하고 때렸습니다. 그 애의 집은 장터 쪽이었고 아버지가 학교 선생을 한다는 집이었습니다. 나는 그 집이 있는 쪽으로 가는 것을 싫어했고, 솔밭 같은 데서 만날까봐 두려움에 떨기도 했습니다. 하지만 학교에서는 싫어하는 친구들에게 먼저 다가가고 했기 때문에 그렇게 큰 어려움은 없었습니다. 학교에서는 그렇게 싸웠던 기억은 없습니다. 하지만 4학년 때 한번 싸운 기억이 있습니다. 나는 항상 밝았습니다. 어려움도 없는 것은 아니었지만 친구들을 내가 먼저 사귀고 했기 때문에 오히려 우리 친구들 사이에서는 나를 놀리거나 왕따 시키는 아이들이 더 왕따가 되는 경우도 있었습니다.

"박세아를 건들면 혼난다." 하면서 오히려 나를 위로해주고 격려해주었습니다.

학교가 끝나면 계절마다 색깔이 바뀝니다. 봄에는 신작로 가에 개울이 흐르고 개울 옆으로는 논밭이 아주 광활하고도 멋진 영화 같은 장면이 눈앞에 펼쳐집니다. 소 울음소리, 못짐지고 가는 소리 , 경운기 소리 등 이렇게 모심는 광경이 펼쳐지는 것을 보는 마음은 가슴을 뛰게 만들기도 했습니다. 여름에는 송호리 솔밭 강가로 수영을 하러 갑니다. 낮에 가면 저녁이 돼서야 들어옵니다. 등허리가 새까맣게 타서 물집이 생기고 허옇게 허물이 벗겨집니다. 강에는 용바위와 귀바위가 있었는데 그날도 강에서 놀았습니다. 귀바위 쪽은 물이 얕아서 걸어서 건널 수도 있는 곳이 있었습니다. 그래서 귀바위 쪽에서 많이 놀았습니다. 그날도 사촌동생들과 친구들이 놀고 있었습니다. 귀바위 옆에 조그만 바위 위에서 놀고 있었는데 한 발을 디뎠습니다. 디뎠을 때 내 몸이 쑤욱 내려가는 것이었습니다. 한참을 바닥에 내려가니까 위에는 물천장이 높이 있었습니다. 나는 다시 한 번 발로 차서 올라가 숨을 쉬었는데 그렇게 두세 번을 하니까 숨이 꼴깍꼴깍 넘어가는 것 같았습니다. 나는 일단 물속으로 내려갔습니다. 그때도 살아야겠다는 생각을 했습니다. 주위에는 사람들이 많았지만 살려달라고 할 수가 없었습니다. 손과 발을 마음대로 움직일 수 없는 장애인이었기 때문에 주위에 사람들이 있었지만 구원을 요청할 수 없었습니다. 그래서 나는 물살을 따라가며 밑바닥을 발로 차며 기기도 하고 다시 힘들면 올라와서 숨을 쉬고 또 내려가서 수영을 하지 못하는 관계로 바닥을 기어서 얕은 곳을 찾아서 물에다 몸을 맡기고 떠내려갔습니다. 사람들의 얼굴이 순간순간 보이기도 하고 나를 바라보았지만 그냥 바라보고 있을 뿐 나에게 다가오는 사람은 아무도 없었습니다. 나 또한 여기서 조금만 더 허우적거리면 구조는 될지 몰라도 물을 더 많이 먹고, 정신적 충격이 더 클 것 같다는 생각 때문에 나 혼자 나가는 것이 오히려 힘들지 않겠구나, 라는 생각을 했습니다. 그래서 물결을 따라 떠내려가면서 길을 찾았습니다. 있는 힘을 다해서 바닥을 차고 손으로 바닥을 기고해서 얕은 물가로 나왔습니다. 이렇게 해서 물에 빠졌지만 한참을 흘러 살아 나오게 된 것입니다. 나는 동생들이 있는 곳으로 와서 내 자신이 살아난 것을 생각하며 안도의 숨을 쉰 적도 있었습니다. 여름은 이렇게 항상 물놀이를 하며 살았습니다.

가을이 오면 할 것이 많이 있습니다. 신작로 가에는 코스모스가 피기 시작하고 코스모스는 꼭 벌들이 있었습니다. 벌을 잡는 재미가 좋습니다. 어떤 아이들은 신발을 벌이 있는 코스모스에다 살짝 갖다 대어서 벌을 낚아챈 다음에 하늘로 빙빙 돌리다가 땅바닥에 탁 내리칩니다. 그러면 벌이 어지러워서 헤롱헤롱합니다. 그러는 벌을 침을 빼고 가지고 놀다가 몸통도 다 뜯고 날개도 다 뜯었습니다. 나만 그런 것이 아니었습니다. 길을 가다 보면 팔을 빙빙 돌려 벌을 잡는 애들과 꽃잎 속에 가둬서 잡는 애들 때문에 애들이 지나간 뒤를 보면 벌들의 사체가 나뒹굴곤 했습니다. 벌에 쏘이는 건 다반사고 벌에 쏘여도 누구 하나 우는 애들은 없었습니다. 또 벌 잡는 놀이가 끝나면 길옆 냇가로 들어가 자전거 타는 애들은 조그마한 배터리로 고기를 잡아서 불에 구워먹기도 하는 그런 재미도 있습니다. 그렇게 되면 얼굴에 검정이 묻어서 집으로 돌아옵니다. 가을에는 또 과일을 먹기도 했습니다. 토종 바나나라고 하는 으름도 있었습니다. 애들은 이것을 잘도 먹었지만 물컹거리고 시커먼 씨만 많은 으름을 나는 별로 좋아하지 않았습니다. 이렇게 가을이 되면 들로 산으로 강 따라 물 따라 자연이 주는 혜택을 누렸습니다.

겨울이 되면 연날리기를 했는데 하얀 연을 만들어서 멀리멀리 날리는 그 기분은 너무너무 좋았습니다. 내 동생들을 데리고 연을 날렸습니다. 연은 바람 부는 세기와 연살의 세기와 꼬리의 길이에 따라 달라집니다. 바람이 없을 때에는 방패연 그대로 날리는 것이 좋고 바람이 세게 불 때는 꼬리를 붙이는 것이 좋습니다. 내가 만든 연이 울퉁불퉁했기 때문에 한쪽으로 돌았습니다. 그럴 때는 반대쪽에 꼬리를 더 달면 돌지 않고 잘 올라갑니다. 우리집 앞 골목에서는 아이들이 구슬치기가 한창이었고 재기차기, 딱지치기, 자치기하는 아이들이 시끌벅적 한바탕 이루었습니다. 또 설날이 시작되면 깡통에 나무를 넣고 불을 돌리기 시작합니다. 이것을 쥐불놀이라고 했는데 설날되기 전부터 깡통을 주워서 구멍을 뚫고 만들어서 돌리기 시작합니다. 그러면 마지막에는 불싸움도 하고 논두렁 같은 곳에 구멍을 파고 불을 지르기도 했습니다. 마지막 축제의 날이 정월 대보름입니다. 그때는 온 동네가 불바다가 됩니다. 동네 아이들부터 청년에 이르기까지 양산들에 나와 쥐불놀이를 하는 장면은 아주 장관입니다. 얼마나 신났는지 겨울만 되면 나도 깡통을 만들었습니다. 나는 돌리다가 머리를 많이 맞았습니다. 머리를 맞아도 신났습니다. 맞고 돌리고 맞고 돌리고…… 멍이 들었지만 아랑곳하지 않고 돌렸습니다. 이렇게 어릴 적 세상 밖으로 나가는 것은 흔들리고 어려웠지만 내 스스로 긍정적인 정체성을 만들고 미래에 대한 비전을 꿈꿨습니다. 안되고, 없는 것을 원망하는 것이 아니라 내가 가지고 있는 것에 감사하며 즐기는 인생을 살고, 나의 곁에서 힘을 주고 일어설 수 있는 용기를 주신 그 누군가가 있어서 기뻤음을 고백합니다.

교회는 신나는 놀이터

우리집에서 할머니는 가장 먼저 교회에 다니셨습니다. 할머니는 누구보다도 자녀들을 위하여 기도를 하셨습니다. 작은아버지께서는 젊은 시절 술을 좋아하셨기 때문에 할머니의 기도 제목이 기도 하셨습니다. 그리고 나를 위하여 기도를 하셨고, 아버지를 일찍 잃은 것도 불쌍한데 몸까지 장애가 있어 어린 시절에는 목도 못가누고, 일곱 살이 되서야 걷기는 시작했지만 몸은 활처럼 휘었고, 손과 발은 뒤틀어지고, 얼굴은 찡그러지는 뇌성마비 손자이었기 때문입니다. 그런 할머니는 항상 새벽기도를 다니셨습니다. 이렇게 우리 집안은 어려서부터 기독교의 문화를 가졌기 때문에 교회 가는 일은 별로 어려운 일은 아니었습니다.

우리 외가 쪽에서는 증조할머니 때부터 교회를 다니셨습니다. 어머니께서도 이런 분위기에서 어린 시절부터 교회에 다니시다가 아버지와 결혼을 하고 혼자되면서부터 삶의 무게로 인하여 교회에 다니는 것이 힘들었습니다. 어머니는 외가가 있는 영동읍내에 일을 하시면서 자리 잡았고, 외할머니와 외가에서 함께 사셨습니다.

이렇게 엄마가 없는 어린 시절 나는 교회가 집이었고 사랑방이었습니다. 초등학교 때에는 교회에서 모든 것이 진행되었습니다. 초등학교가 있는 면소제지에 교회가 하나 있었습니다. 그 교회는 내 친구 아버지께서 시무하시고 계시는 양산교회였습니다. 내 친구들 중에서는 아버지가 목사님(그때는 아마 전도사님)이신 친구가 두명이나 있었는데, 그게 또 하나는 우리 동네 송호리를 지나 금강다리를 건너 봉곡리에 있는 봉곡교회였습니다. 양산에 있는 내가 다니는 양산교회에 친구가 있었기 때문에 교회만 가면 기분이 좋았습니다. 다른 친구들은 교회에 다니기가 부모의 반대나 환경 때문에 어려운 친구들도 많았었습니다. 하지만 나는 교회에 다니는 것이 어려운 일은 아니었다. 교회에 빠지거나 헌금을 빼먹으면 오히려 혼이 나고는 했었습니다. 교회에 갈 때 헌금을 가지고 가면 유혹하는 아이들이 있습니다. 그러면 그 돈으로 맛있는 과자를 사먹고 집으로 들어옵니다. 그러면 고모의 눈초리를 벗어나지 못합니다. 그럴 때면 기가 막히게 알고서는 “너 헌금 안했지?” 그러면 나는 했다고 합니다. 그러나 고모는 헌금을 한날과 안 한날을 기가 막히게 알고 있었습니다. 그러면 회초리로 응징을 하셨습니다. 다른 아이들은 교회에 다닌다고 혼이 났지만 나는 교회에 가지 않거나 헌금을 까먹었을 때 혼이 나고는 했습니다. 이럴 때를 기억하며 나는 교회에 다니면서 핍박을 받았다고 농담을 하고는 했습니다.

교회는 내가 사는 동네와 1킬로 정도 떨어져 있었습니다. 교회 밑으로는 농수로로 쓰이는 도랑이 있었고 봄에서 여름까지는 물이 많이 흘러 그곳에서 물놀이도 하는 풍경도 보았습니다. 여름 방학이 되면 "흰 구름 뭉게뭉게 피는 하늘에" 노래를 부르며 선생님들과 큰 북을 치면서 온 동네를 돌아다니며 여름 성경학교에 아이들을 모집하러 다녔습니다. 그때는 정말 내 마음속에 흰 구름이 솟아 나와서 가슴을 활짝 펴고 신나게 그리고 희망차게 돌아다니면서 아이들과 좋은 추억을 만들어 갔었습니다. 함께 노래하고 함께 뛰어노는 그런 여름 성경학교입니다. 학교 교육보다 교회 교육이 더 아이들의 마음을 즐겁게 하고 신나게 하는 하나의 문화였던 것입니다. 그때 그 시절에는 교회의 노래가 학교의 노래로 불리어지곤 했었습니다. 학교 체육대회나 운동회 때의 응원가는 교회에서 부르던 응원가로 대치하곤 했었고, 어린이들의 최고의 교육과 문화로 존재했었습니다. 항상 교회를 빠진 적이 없었고 교회는 나에게 있어서 또 다른 놀이터였고 나를 가르쳐준 학교입니다. 밤에 수요예배도 참석하고 했었는데 한번은 내 동생들과 함께 간 적이 있었다. 깜깜한 밤에 집에 돌아오는데 창숙이가 말을 안 들어서 한 대 때렸는데 그것으로 인하여 밤하늘에 울음바다로 만들고, 동생들이 쭈르르 따라 우는 것이었습니다. 아무튼 그날 동생들과 밤하늘의 별들을 보면서 터덜터덜 신작로 길을 걸어왔습니다.

나에겐 어린 시절부터 무슨 일을 만나도 안 된다는 것은 생각도하지 않았습니다. 나에게 하나님이 존재하였고, 어떤 어려움이 닥쳐도 나를 책임져 주신다는 생각이 마음속에 존재하고 있었던 것입니다. 사실 상처받고 쭈그리고 앉아 모든 것을 내려놓고 싶은 생각마저 나에게 사치처럼 느껴졌을 지도 모릅니다. 살아야 했고 존재해야 했기 때문이었습니다. 그 모든 것을 이길 수 있게 했던 것은 할머니의 기도가 있기 때문입니다.

엄마가 없는 하늘 아래

우리 엄마는 아버지를 여의시고 혼자서 없는 집안을 돌봐야 했습니다. 아버지가 돌아가시고 집안 식구들은 많고 먹고 살기가 어려웠습니다. 우리 집안에는 홀로계신 증조할머니가 계셨는데 증조할아버지는 일본에서 작고하셔서 오랫동안 혼자 사신 분이었습니다. 엄마는 살아야겠다는 강렬한 생각으로 시골에서 영동읍내로 돈을 벌려고 나가셨습니다. 또 얼마 후 할아버지가 돌아가셨고, 우리 집안은 과부만 셋 있는 그런 집안이 되었습니다. 엄마는 더욱더 어려워진 우리 집안을 위하여 외가가 있는 영동읍내에서 일을 하기 시작했습니다. 내 나이 다섯 살이었습니다. 나는 항상 엄마가 없어서 외로운 날들을 보내며 살았습니다. 작은아버지가 있었는데 작은아버지는 술을 좋아하는 사람이었습니다. 항상 동네 사람들과 어울려 일은 하지 않고 술을 마셔댔습니다. 작은아버지는 형도 돌아가시고 장애가 있는 아버지 없는 조카를 보면서 가슴이 많이 아파했습니다. 술만 먹고 오시면 나를 바라보고 많이 울었습니다. "창완아(어린 시절 집에서 부르던 이름) 내가 너 때문에 술을 마셨다" 하면서 괴로워하셨습니다. 그래서 그런지는 몰라도 주사가 있어서 작은엄마와 많이 다투었습니다. 집안에 아무런 희망도 없고 외롭게 혼자 남아 있는 나는 항상 엄마를 그리워하며 살았습니다. 엄마가 보고 싶을 때는 하늘을 보며 혼자서 울기도 많이 울었습니다. 집안에는 언제나 사람들이 많이 있었습니다. 시집 안 간 고모들 셋과 꼬부랑 할머니인 증조할머니 또 할머니 그리고 작은아버지가 결혼하여 작은엄마도 있었고, 또한 나중에는 사촌 동생들도 태어나기 시작했습니다. 사촌 동생들과 거의 관계는 친형제처럼 지냈고 나를 오빠라고 잘 돌봐주기도 하고 잘 놀았습니다. 사촌 동생들 중에 첫째는 창숙이고 둘째는 정아였습니다. 그 뒤로 남동생 세중이와 세정이가 태어났습니다. 나는 항상 사촌들과 잘 지내다가도 나한테는 엄마가 없다는 것이 항상 마음속에서 떠나지 않았습니다. 창숙이와 정아가 장난을 하다가 고추장 단지에 모래를 넣었습니다. 작은엄마가 그것을 발견하고 나를 회초리로 때렸습니다. 나는 맞으면서 울지는 않았고 그 후에 오해는 풀렸지만, 그럴 때마다 엄마가 더욱 그리웠습니다. 작은아버지와 작은엄마 그리고 모든 가족들이 나에게 잘 해주고 나쁘게 하지는 않았지만 항상 엄마가 있는 영동이 그리워지곤 했습니다.

어린 나이에 나는 엄마 없는 세상에서 그렇게 세상을 살펴보며 어떻게 하면 이 세상에서 살아남을 것인가를 살펴야만 했습니다. 할머니는 나를 업고 영동읍내를 가서 엄마를 만나곤 했습니다. 그럴 때마다 할머니는 열 살, 열두 살이 된 손자를 업고, 영동시장을 이리저리 누비며 다녔습니다. 그리고 엄마는 내가 오면 맛있는 음식을 해 주려고 노력을 했습니다. 하지만 엄마는 외가에서 살았기 때문에 나를 집으로 데리고 가는 것이 어려웠습니다. 혼자된 딸을 보는 외할머니와 외갓집 식구들의 눈치가 있었기 때문입니다. 그래서 하루는 내가 엄마를 만나러 갔는데 엄마 집으로 가지 못하고 물건들이 잔뜩 쌓인 가게에서 잠을 자기도 했습니다. 하지만 나는 그때가 생각이 나는데 무척 행복하고 좋았던 기억입니다. 영동에 가면 시장을 구경을 합니다. 하루는 내가 엄마 집에서 시장으로 올 때였습니다. 나는 여섯 살 때 일어났고 열 살 이상이 되었을 때 다리에 힘을 줘서 어렵게 걸을 수 있었습니다. 하지만 내 몸은 사지가 뒤틀렸고 얼굴도 찡그려 사람들에게 눈에 띄는 아이였습니다. 길을 가다가 어떤 아저씨가 나를 계속 바라보고 있었습니다. 그래서 나도 그 아저씨를 더욱 바라봤습니다. 아마 내 몸은 더욱 뒤틀려 졌고 그 아저씨는 더욱 나를 신기한 듯 쳐다봤습니다. 나도 똑같이 바라보면서 한마디 했습니다. "아저씨 다 봤으면 가세요. 더 보여드릴까요?" 라고 하니까 그냥 가셨습니다. 나도 그때 당시 눈을 피하고 말았으면 그 아저씨도 스쳐 갈 수도 있을 것입니다. 그런데 나는 그 아저씨가 바라 보길래 "너만 바라보냐 나도 바라본다. 다 봤냐 다 봤으면 갈께" 하고는 돌아갔던 것입니다. 그 후로도 나는 사람들과 마주치면 함께 바라보는 습관이 생겼습니다. 아마 그것 때문에 사람들이 나를 조금 더 바라볼 지라도 "당신이 동물원의 원숭이처럼 바라보았듯이 나도 똑같이 당신을 동물원의 원숭이처럼 바라보겠다."라는 생각이었습니다. 이렇듯 어린 시절 나는 세상과 맞서서 싸워야 했고 엄마 없는 세상에서 홀로 이겨내야 했습니다. 엄마는 나에게 꼭 필요한 존재로서 항상 내가 살아가는 이유가 되기도 했습니다. 어느 날은 엄마가 학교를 오셨는데 그날은 글이 더욱 또렷하게 잘 써지는 것이었습니다. 엄마가 옆에 있었기 때문에 나는 잘 보이고 싶었던 것입니다.

엄마가 있는 외갓집

엄마는 시집을 오기 전 아버지와 결혼하는 것을 싫어해서 외할머니한테 결혼을 하지 않겠다고 약까지 먹었다고 했습니다. 외할머니의 친척을 통해 중매를 했던 것이었습니다. 주변에서는 엄마 나이가 서른으로 그 당시에는 노처녀였기에 모두가 빨리 결혼하기를 원하고 있었습니다. 그러나 왠지 엄마는 아빠와 결혼을 하는 자체를 거부했습니다. 그러나 결혼은 이루어 졌고 시집을 가게 된 엄마는 나를 낳자마자 아버지를 여의게 되었고, 이 년 정도 결혼생활을 하고 바로 과부가 되었던 것입니다. 엄마는 시동생도 많고 자식 하나 있는 시댁에서 사는 것이 힘들었습니다. 그리고 미래가 보이지 않았던 것입니다. 그래서 엄마는 나를 시댁에 놓고 영동읍내로 돈을 벌려고 오게 되었습니다. 엄마는 시댁에서도 도움을 못 받고 또 친정에서도 천덕꾸러기가 되었던 것입니다. 외가 쪽 친척들은 가슴은 아팠지만 또 어떻게 할 수가 없었습니다. 외할머니와 외가 쪽 식구들의 눈초리도 있었고 혼자됐다는 아픔도 있었기 때문에 외가 쪽에서도 환영받지 못했습니다. 외가 쪽 식구들은 자수성가한 사람들입니다. 아침부터 저녁까지 일을 하고 성실하게 생활하는 분들이었습니다. 내가 엄마가 보고 싶어서 엄마 일하는 가게에 간적이 있습니다. 엄마는 나를 엄마가 사는 집으로 데리고 가지를 못했습니다. 엄마는 외가에서 살았기 때문에 장애가 있는 나를 데리고 외할머니 앞에 가지 못했던 것입니다. 그래서 나와 엄마는 옷이 가득 쌓인 가게에서 옷을 한쪽으로 밀어 넣고 조그마한 방석 전기장판 위에서 엄마와 둘이서 잤습니다. 나는 엄마와 잔다는 것이 너무 좋고 그곳이 얼마나 따뜻했는지 모릅니다. 엄마는 그때 일을 생각하면 눈물을 흘리면서 미안해 하지만 나는 그때 일을 지금도 생생하게 기억하며 좋았던 추억으로 생각을 합니다. 외갓집에는 외할머니와 엄마가 함께 살고 있었습니다. 엄마 형제들은 모두 다 서울에서 생활하셨고 열심히 사시는 분들이라 부유하게 사는 편이었습니다. 또 삼대째 기독교 집안으로서 성실하며 누구보다도 바르게 사시는 분들이었습니다. 외사촌들도 공부도 잘하고 흠잡을 것 없이 "엄친아"였습니다. 항상 나는 외가에 가면 사촌 형이나 동생들 때문에 비교의 대상이 되곤 했습니다. 낙천적이고 긍정적인 나는 항상 바른 사촌들보다 여러 가지로 비하당하는 편이었고, 외할머니나 외삼촌들에게 항상 꾸중 듣는 아이였습니다. 사촌 형은 돈도 많이 모았는데 너는 매일 돈만 쓰냐 하면서 항상 비교의 대상으로 살았습니다. 그럴 때면 나는 가슴이 아파서 많이 울기도 했습니다. 나는 이렇게 생각했습니다. "왜 나한테만 혼내킬까" 하면서 과연 저 사람들이 나를 위해서 하는 말이라고 하지만 그 말이 아무 도움이 안 되는 것 같았습니다. 실제로도 내가 생각하고 내가 바라던 세상이 더 아름다운 것이었고 그들이 하는 말은 오로지 기능적인 것과 기술적인 것이었습니다. 나는 그러면서 엄마를 보러 오는 것조차 좋은 일이 아니었습니다.

사촌 동생 준원이와 준우는 막내 외삼촌 아들들이었습니다. 사업을 하는 외삼촌은 바빴고 사업을 성공시키기 위하여 이리저리 분주하게 일하는 열정적인 사람들이었습니다. 항상 준원이와 준우는 여름방학이 되면 놀러 오고는 했습니다. 이 아이들은 아주 개구쟁이로 호기심이 가득한 눈을 가진 아이들입니다. 서울에서 못 보던 것들이 많이 있습니다. 하루 종일 동네 친구들과 메뚜기 잡이 물놀이를 하면서 말썽을 피웠습니다. 엄마는 가게에 나가시고 외할머니와 나는 아이들을 봐야 했습니다. 아이들은 훤한 놀이터를 가졌던 것입니다. 산, 계곡을 다니면서 뛰어놀고 들로 산으로 자전거 타고 돌아다니고 그런 아이들은 정말 자기 세상을 만난 것이었습니다. 여름방학마다 고모가 있는 집으로 오고는 했습니다. 거의 대학교 들어갈 때까지 왔었고, 지금도 동네 친구를 기억하고 있습니다. 엄마와 외할머니는 아이들을 위하여 옥수수며 깻잎이며 고구마 이런 것들을 제공을 하고 한 달 동안 빨래며 모든 아이들을 보살폈습니다. 이러한 아이들은 너무나 천진난만했기 때문에 가는 곳마다 말썽이었습니다. 나는 외갓집에서 가는 곳마다 외할머니와 외삼촌과 그리고 엄마에게 항상 혼나는 것뿐이었습니다. 그러나 이 아이들은 혼나는 일은 별로 없었습니다. 마루에다 흙을 퍼서 나르고 옷은 한 시간도 안 되어 흙투성이로 얼마나 개구졌는지 모릅니다. 그러한 모습을 보는 나는 그 아이들이 좋아 보일일이 없었습니다. 항상 내 물건도 망가뜨려 놓고 일을 저지르기 일쑤였던 아이들, 나는 그들이 좋아 보일일이 없었습니다. 그래서 꿀밤이라도 한 대 때리면 집이 떠나가도록 울었습니다. 몸이 불편한 내가 때리면 얼마나 세게 때렸겠습니까. 항상 이렇게 나는 그들을 좇아 다녔고, 일 저지르는 것을 막으러 다녔습니다. 고등학교 때에는 내가 엄마와 살았기 때문에 외가에서 생활하는 것은 정말 힘든 것이었습니다. 자기 딸을 불행하게 만든 나를 보는 외할머니의 눈초리와 또 잘난 외삼촌들의 가르치려고 드는 그러한 아픔 그리고 사촌들의 비교와 개구진 아이들을 따라다니며 돌봐야 했던 나는 여러 가지로 어렵고 힘든 생활이었습니다. 엄마조차도 내 편이 되지 않고 외가에서는 나 혼자 싸우면서 살아야 했던 것입니다. 제일 듣기 싫었던 것은 다 너를 위한 거야 우리밖에는 너를 돌봐줄 사람이 없어. 이런 말이었습니다.

지금도 이야기합니다. 말썽꾸러기 였던, 사촌 동생 준원이와 준우는 "형 그때 왜 그렇게 때렸어?" 요즘은 그러면서 서운해 하는 눈치입니다. 그러면 나는 "니들이 그때 저질렀던 만행과 나의 아픔을 아냐? 니들은 그때가 너희들의 인생에서 가장 행복했지만 나에겐 상처받은 것뿐이었다." 하면서 속으로 생각을 합니다. 이렇게 외가에서는 나를 위한다고 한 것인지는 몰랐지만, 어린 시절 상처의 추억은 그다지 좋지는 않았습니다. 그러나 그렇게 나를 미워했던 외할머니께서 내 기도를 가장 많이 했을 것이고 외삼촌들이나 사촌들도 나를 도와주려고 여러 가지로 했었던 것은 사실입니다. 가족이라는 것이 상처도 주지만 또한 사랑도 준다는 것을 잘 알고 있습니다.

어린왕자 세상을 꿈꾸다

어린 시절 양산에서 초등학교를 다녔습니다. 그곳은 작은아버지 가족들이 계셨습니다. 엄마와 아빠가 없는 곳 그러나 기쁜 마음으로 살았습니다. 작은아버지는 내가 안쓰러우셨는지 술만 마시면 나를 보고 많이 우셨습니다. 어렵고 힘든 상황이었지만 어린 시절을 돌아보면 항상 즐거움뿐이었습니다. 아이들이 학교에 가면 장애인이기 때문에 때리기도 하고 놀리기도 했지만, 또한 나를 알아주고 나를 인정해주는 친구들도 많이 있었습니다. 어떤 때는 동네 아이들 떼거리로 와서 돌을 던지고 가고, 어려움도 많이 있었습니다. 그리고 같은 동네에 어떤 아이는 나만 나타나면 욕하고 때리는 아이도 있었습니다. 나는 누구한테 그런 이야기를 할 사람이 없었습니다. 나를 인정해주고 나를 좋아하는 친구들이 많았기 때문에 그런 일들은 별로 상관하지 않게 되었습니다. 물론 나에게 돌을 던지거나 나를 때리는 일은 있었습니다. 하지만 아무도 나를 관심을 갖는 사람은 없었습니다. 물론 가족들이나 동생에게 얘기는 했지만 내가 아무것도 아닌 것처럼 그냥 넘어갔기 때문에 가족들도 그다지 신경을 안 썼습니다. 내가 혼자서 감당해야 될 일이라고 생각했기 때문입니다. 그러나 그런 어려운 일들이 내 인생에서 그다지 어려운 것으로 느껴지지 않았습니다. 항상 행복하고 즐겁고 또 누구에게나 친절한 사람으로 살았기 때문에 그런 것들은 그렇게 장애로 느껴지지 않았습니다. 내 마음속에 행복의 무지개를 만들려고 했기 때문입니다. 겨울에는 사촌동생들을 데리고 연을 날리러 다녔습니다. 내가 연은 잘 만들지 못했지만 그래도 머리가 좋은 탓에 잘 생각해서 날렸습니다. 연은 방패연이었는데 중심을 잘 잡아야 합니다. 내가 만든 연은 튼튼하기는 했지만 풀을 잘 붙이지 못하고 접기가 어려워서 균형이 깨지고는 했습니다. 종이는 한지로 만들었기 때문에 바람에 찢어지지 않고 강했습니다. 그렇게 연을 만들어서 날릴 때 균형이 중요한데 한쪽으로 쏠리면 뱅글뱅글 돌다가 땅으로 내려 꽂혔습니다. 그럴 때 다른 아이들은 바로 연을 고쳐서 날리고는 했는데 나는 고치기가 어려웠습니다. 그래서 내린 방법은 한쪽의 꼬리를 달아서 무겁게 하면 거의 똑바로 올라가게 됩니다. 그렇게 연을 날렸는데 그것이 나만의 지혜였던 것 같습니다. 장애를 잘 이용해서 반듯하게 가게 하는 그 삶의 지혜, 내 인생이 어쩌면 연날리기 같지 않았나 생각이 듭니다. 균형을 잃어버린 나는 균형을 잡기 위하여 또 다른 꼬리가 필요했습니다. 그렇다고 해서 포기하지는 않았습니다. 내가 만든 연이 조금은 균형이 안 맞고 한쪽이 휘어져서 날 수 없는 연이었지만 나의 약함을 인정하고 불균형을 균형으로 맞추어서 날리면 남들이 날리는 것만큼 높이 날아갔습니다. 하늘 높이 나는 연을 보면 나의 마음도 기뻤습니다. 사촌 동생들과 연을 날렸는데 아직 어린아이들이라 내가 만든 연이 삐뚤어졌는지 몰랐습니다. 그냥 형과 오빠가 만든 연이 잘 날으니 기뻐했습니다. 그 연을 보면서 추운 겨울에도 마음속에는 따뜻한 노란 무지개를 띄울 수 있었습니다. 나의 인생은 이렇게 어려움도 있었지만 그 어려움을 어려움으로 생각하지 않았습니다.

장애가 있는 나는 걷는 것이 불편했습니다. 우리 학교에서 뇌성마비장애인은 나밖에 없었습니다. 물론 장애인 친구가 한 명이 더 있었는데 그 친구는 나보다 덜 심했고 때문에 뇌성마비였지만 그때는 뇌성마비인줄 몰랐습니다. 다들 그 친구를 소아마비라고 했습니다. 왜 그러냐면 그 친구보다 내가 더 몸이 비틀렸고 얼굴 안면도 더 긴장을 하면 돌아갔기 때문입니다. 어릴 적부터 그 친구와 나는 같은 장애인이었기 때문에 친하게 지냈습니다. 함께 체육시간에는 반에 남아서 둘이 놀기도 하고, 그 친구 집에 가서 많이 놀았습니다. 그 친구는 막내였고 누나와 형들이 많이 있었습니다. 나보다 손놀림이 더 좋았기 때문에 그 친구 집에서 썰매를 만들었습니다. 다른 아이들이 타는 썰매가 타보고 싶었습니다. 나는 만들어 주는 사람이 없어서 탈 수가 없었습니다. 그 친구의 제안으로 자기 집에서 썰매를 만들기 시작했습니다. 나무를 톱으로 자르고 다리를 만들어야 했는데 그 다리는 날이 되는 부분입니다. 우리는 그 날이 되는 부분이 두꺼운 나무로 그냥 만들었습니다. 원래는 날이 되는 부분은 얇게 해야 잘 나가는데 우리는 두꺼운 나무 그대로 해서 철사를 박고 날을 만들었습니다. 우리의 노력은 많은 시간이 걸렸습니다. 그것을 만들고 많이 기뻐하고는 했는데 잘 만들지 못했기 때문에 내 것은 타다가 한쪽이 떨어졌습니다. 그래서 한쪽만 있는 썰매를 집에다 오랫동안 모셔둔 적이 있습니다. 우리는 이런 추억 말고도 함께 하는 시간이 많았습니다. 알코올을 가져다가 불장난을 했는데 뜨거워서 알코올을 방문에다 확 부었습니다. 그러자 불이 나서 알코올은 학교에서 배울 때 물에 뜨기 때문에 물로 끄면 안 된다고 했습니다. 그래서 이 친구는 더욱더 어찌할 바를 몰라했습니다. 신고를 해야 되나, 어찌해야 되나, 당황도 되었습니다. 그래서 나는 이 정도는 우리가 끌 수 있어. 빗자루 가지고 와봐. 해서 빗자루로 잘 껐던 기억이 있습니다.

나는 장애가 있었지만 어렵다고 느껴본 적은 없습니다. 항상 나의 마음속에는 긍정의 마음이 있었습니다. 매일매일 넘어지고는 해서 무릎에 피가 마르는 날이 없었습니다. 걸음도 잘 걷지 못했기 때문에 친구들이 많이 도와주었습니다. 내 주위에는 여자 친구들도 많았는데 나를 많이 도와주었습니다. 우리집에 놀러 오기도 하고 가끔가다가 고모가 내 가방을 들어준 아이에게는 백 원을 주기도 했습니다. 우리집에서 학교까지는 내 걸음으로 30분 정도 됩니다. 나는 해찰을 많이 하고 놀기를 좋아해서 학교가 끝나면 늦게 오곤 했습니다. 가을에는 신작로에서 아이들이 뱀을 잡아서 놀기도 하고 차가 다녔기 때문에 깔려 죽은 뱀도 많아서 그랬습니다. 그러면 침을 뱉으면 뱀의 가죽에 거품 같은 것이 부풀어 오릅니다. 하나님께서 뱀에게 하신 심판은 '배로 다니고 흙을 먹을지니라' 입니다. 뱀은 하나님의 심판을 받아 배를 땅에 댄 채 벌레처럼 흙 가운데를 기어 다니는 비참한 신세로 전락하고 말았습니다. 이로 말미암아 뱀은 인간의 발꿈치를 쉽게 공격하고 상하게 할 수 있는 위치가 되었습니다. 반면에 그 머리가 땅에 낮게 깔림으로 결정적으로 머리를 쉽게 상할 처지가 되었습니다. 결국 뱀은 그 의미상 사단의 신세와 같은 처지가 되고 만 셈입니다. 루터는 저주 이전의 뱀은 꼬리를 땅에 댄 채 서서 이동했던 것으로 보았습니다. 뱀이 배로 기어 다니게 된 것은 저주의 결과였습니다. 이후로 성경은 기어 다니는 짐승들을 다 부정한 것으로 취급하고 있습니다. "날개가 있고 네 발로 기어 다니는 곤충은 너희가 혐오할 것이로되 다만 날개가 있고 네 발로 기어 다니는 모든 곤충 중에 그 발에 뛰는 다리가 있어서 땅에서 뛰는 것은 너희가 먹을지니 곧 그중에 메뚜기 종류와 베짱이 종류와 귀뚜라미 종류와 팥중이 종류는 너희가 먹으려니와 오직 날개가 있고 기어 다니는 곤충은 다 너희가 혐오할 것이니라(레위기11:20-23)." 이래서 그런지 뱀은 우리들의 눈에 보일 때마다 수난을 당했던 건 아닌가 싶습니다.

길가에는 코스모스가 많이 피었습니다. 거기에는 또 한 가지 놀이가 있었는데 벌을 잡는 것입니다. 그냥 손으로도 잡고 신발로도 잡고 했습니다. 그렇게 학교를 가고 오는 길은 힘든 길이었지만 재미가 있었습니다. 넘어지고 또 넘어져도 일어났습니다. 무릎이 깨지고 피가 나도 슬퍼하지 않았습니다. 내 마음속에는 누군가가 도와주고 있었기 때문입니다. 어린왕자가 지구를 탐험하는 것처럼 하나하나를 탐험하며 걸어갔습니다. 나의 마음속에는 안 된다는 것은 생각하지도 않았습니다. 들로 산으로 다니며 추억을 만들어 갔고 이 세상이 어려우면 살 길을 찾아보았고 장애가 있으면 그 장애를 보완할 수 있는 대체수단을 만들어서 균형을 잡았습니다. 나에게 있어서 장애란 못하는 것이 아니라 할 수 있는 것을 찾는 도구였습니다. 그래서 할 수 없는 것을 하려고 했던 것이 아니라 할 수 있는 것이 무엇인가 찾으려고 노력하며 살았습니다. 그럼으로 인해서 나는 할 수 있는 것들이 더 많았습니다. 옛날에는 장애인과 관련된 일을 하는 것이 싫었습니다. 하지만 나는 장애인에 대해서 잘 알기 때문에 내가 할 수 있는 것을 찾을 수 있었습니다. 행복은 마음속에서 존재합니다. 내가 없는 것을 가지고 괴로워하는 것이 아니라, 아직도 나에게 남은 무엇인가를 발견한다면 분명히 이 세상에서 살아야 할 이유를 찾을 수 있을 것입니다.

또 다른 세상으로의 여행

중학교는 경기도 광명시에 있는 특수학교인 명혜학교를 졸업했습니다. 어릴 적에 장애인들과 함께 공부하는 특수학교를 가고 싶어 했습니다. 그래서 엄마한테 얘기를 했는데 대전에 있는 학교에서는 학년을 내려가서 다니라고 해서 가지 않고 초등학교를 졸업한 이후 명혜학교를 들어가게 되었습니다. 그곳은 산이 좋고 물이 맑은 곳에 있었습니다. 그래서 봄이면 철산동 뒷동산에 올라 놀기도 하고 낮잠도 자고 내려오고는 했습니다. 서울과 붙어 있었기 때문에 내가 학교를 들어가자마자 주변 일대는 신도시 건설 붐이여서 여기저기가 먼지가 날리고 들판과 산을 다 깎고 있었고 철산동 그 일대를 신축을 하였습니다. 서울생활은 나에게 외로움도 주었습니다. 혼자서 서울에 올라와서 허허벌판인 그곳, 처음에는 아파트 토목공사가 한창 진행을 하는 곳이었습니다. 이렇게 적막하고 혼자인 곳을 살게 되었고 엄마가 있는 시골로 가고 싶었습니다. 그러나 그렇게 되지를 않았습니다. 한 학기가 끝나고 엄마한테 시골로 전학을 간다고 해서 시골 학교에 문의를 하고 전학을 가기로 했습니다. 1년을 기다렸지만 전학이 어려웠습니다. 우리 학교는 특수학교인 각종 학교에 포함되어 있었기 때문에 일반 학교로 전학이 안 된다는 것입니다. 그래서 전학을 갈려는 마음은 접었습니다. 그때 나는 방학 중이었고 방학이 끝나면 시골로 갈 줄 알았는데 가지를 못했습니다. 그래서 다시 서울로 올라가게 되었습니다. 서울은 또다시 나에게 외로움을 주었지만 몇몇 친구들과 어울리게 되었고 재미있는 시간도 있었습니다. 우리 학교는 아파트가 들어서는 지역의 중간쯤에 위치하고 있었습니다. 기숙사 생활을 하였는데 그곳에는 특수학교인 명혜학교와 장애인 직업 훈련원인 명휘원이 함께 있었습니다. 그곳에서의 생활은 그다지 나쁜 것은 아니었습니다. 전국에서 장애인들이 올라와서 교육을 받았습니다. 각 학년은 40명쯤 되었고 두 개 반이었으며, 한 반에 이십 명쯤 되었습니다. 나이는 나보다 많은 사람들이 대부분이었습니다. 학교가 만들어진 지 얼마 안 되어서 나는 2회 입학을 했습니다.

그곳도 학교였기 때문에 선배가 있었습니다. 선배들은 규율을 잡으려고 했고, 기숙사에서는 규칙과 규율이 존재했습니다. 뇌병변장애인 선배가 하나 있었습니다. 최고로 중증인 장애인이었는데 이 선배를 화장실에서 만났습니다. 이 선배는 자기가 선배라고 나를 혼을 내켰습니다. 나에게 군기를 잡으려고 했던 것입니다. 그러나 너무 장애가 심하셔서 그분의 화난 얼굴만 보고 도망쳤습니다. 그 후로도 나에게 군기를 잡으려고 했습니다. 주먹을 들고서 화난 얼굴로 때리려고 했지만 폼만 잡고 말았습니다. 그분은 나보다 나이도 대여섯 살 많았고 얼굴도 성인의 얼굴이었습니다. 내가 우리 학년에서는 제일 어렸고 몸집도 어린 아이였습니다. 그렇기 때문에 그 선배님은 나를 군기를 잡으려했고 아마 다른 사람한테는 못했으리라 생각듭니다.

우리 학교에는 세 부류의 장애인들이 있었습니다. 하나는 말도 잘하고 빠르기도 빠른 소아마비 장애인들이었고, 또 하나는 뇌병변 장애인으로서 항상 소아마비 장애인들에게 밀리는 상황이었습니다. 또 마지막으로는 지적 장애인이었는데 그 당시는 정신박약이라고 했습니다. 우리는 정신박약을 줄여서 '정박아 정박아'라고 불렀으며 우리처럼 뇌성마비는 영어로 'CP'로 불렀습니다. 이렇게 세 부류의 장애인들이 함께 살았습니다. 소아마비쪽은 말도 잘하고 공부도 잘해서 항상 리더의 역할을 했습니다. 그때 소아마비 장애학생들이 장애인 체육이 한창 시작될 때라 전국장애인체육대회에 나가서 상을 휩쓸었습니다. 우리 학교가 전국에서 1등을 하고는 했습니다. 투포환, 투창, 장애인휠체어경기, 모든 종목을 다 잘했었습니다.

우리 학교에는 하모니카를 비롯해서 1인 1악기 갖기 운동을 했기 때문입니다. 우리 친구들은 하모니카와 다른 악기들을 잘 다루었습니다. 그래서 신라호텔까지 가서 연주를 하고는 했습니다. 나는 실력이 없었는지 데리고 가지는 않았습니다. 다른 학생들은 연습을 많이 하고 장애가 심하지 않았기 때문에 갈 수 있었지만 나는 연습도 안했고 부자연스러웠기 때문에 악기 다루는 것이 어려웠습니다. 다른 아이들이 갈 때 나도 가고 싶었는데 못 간 것이 조금은 서운했습니다. 학교는 다른 지형보다 조금 높았습니다. 그래서 내리막길이 있었는데 다른 친구들 휠체어를 빌려 타고 내려가기 놀이를 했습니다. 바닥은 시멘트 바닥이어서 울퉁불퉁했습니다. 하지만 내려가는 데는 그다지 어렵지 않아서 내려가는 놀이를 했는데 쭈욱 내려가다가 앞바퀴가 틈에 박히면 큰 사고가 났는데, 나는 한 번 쭈욱 내려가다가 박혀서 휠체어가 공중에 날아 가고 내 몸도 날았습니다. 그렇지만 재미있었습니다. 다치기도 했지만 그런 시절이 좋았습니다. 그곳에는 또한 농아인들도 있었는데 농아인들 하고도 친하게 진했습니다.

나는 몸집이 작고 얼굴이 귀엽게 생겨서 여자들에게 인기가 좋았습니다. 여자들은 내가 나타나면 우루루 몰려와서 "와~ 저기 세아간다" 하면서 내 주위에 몰려들었습니다. 나는 그것이 정말 싫어서 힘들었습니다. 내가 나타나기만 하면 누나들이 나를 못살게 굴었습니다. 나하고 같은 학년이지만 많게는 다섯 살 적게는 한두 살 많은 사람들이었습니다. 그렇게 나의 인기는 하늘을 찔렀습니다. 그렇지만 그것이 좋은 것인지 몰랐습니다. 한 번은 너무나 싫어서 누나들이 달려오자 크게 울었습니다. 그다음부터 우리 학교에서는 나의 인기가 점점 시들기 시작했습니다. 그때 여학생들한테 잘할 걸 후회도 했습니다. 우리 학교는 옆에 개봉동이 있었고 또 다른 옆에는 영등포, 구로 쪽이 있었습니다. 그래서 우리는 문화혜택을 누릴 수가 있었습니다. 영등포 쪽에 극장과 종로 3가 쪽 극장은 사춘기 시절에 또 시대가 시대인 만큼 '뽕' 시리즈 '무릎과 무릎사이' 이런 영화들이 시대의 아픔을 딛고 나오기 시작했는데 우리에게는 야한 영화를 볼 수 있는 좋은 기회였습니다. 친구들과 어울려서 영화를 보러 다니고는 하였습니다. 이렇게 중학교 시절은 나에게 있어서 중요한 시절이었습니다. 이성적으로 깨치게 되었고 사회의 여러 가지 면들을 바라보게 되는 계기가 되었습니다. 서울은 나에게 있어서 또 다른 경험을 하게 한 중요한 시간이었습니다. 장애인들과 생활을 하고 그 친구들과 자연스럽게 어울리는 경험을 하게 되었습니다. 처음에는 장애인들과 함께 있고 싶어 했고 나중에는 함께 있는게 싫어서 도망가려고 했었고 그다음에는 나의 일부로 느껴지게 되는 순간이었습니다. 그래서 내가 장애인 사역을 하는데 큰 도움이 되었습니다. 그냥 나의 일부로 느끼며 사역을 할 수 있었습니다.

고통은 또 다른 여행이다

나는 언제나 어디서나 어려움 속에서도, 고통 속에서도 행복을 잃지 않았습니다. 항상 나의 마음속에는 하나님이 함께하셨고 무슨 일을 만나든지 자신이 있는 모습으로 살았습니다. 방학이 되면 집으로 왔었고 또 서울생활도 그다지 나쁘지는 않았습니다. 항상 그곳에서도 교회를 다녔습니다. 광명시에 있는 장로교회를 다녔었는데 항상 그곳에서 차가 와서 데리고 가고는 했습니다. 아파트 중앙에 있었기 때문에 아파트와 함께 건축을 했었는데 한때는 천막을 치고 예배를 보기도 했습니다. 마음속에 기쁨이 넘쳤고 행복한 마음으로 가득 찼었습니다. 예배를 드리면 꿈을 꾸는 것 같았습니다. 항상 하나님이 나와 함께한다는 것을 느꼈고 그때 예수님의 존재도 알았습니다. 예수님이 나의 주인이고 삶속에서 항상 도와주시는 사람이 있다는 것을 느끼며 고백하며 살았습니다. 그때 당시 신앙생활은 그쪽에 있는 교회란 교회는 다 가

본 것 같았습니다. 친구들이나 학교 관계자들에 의하여 부흥회도 따라 다녔습니다. 또 그때 한참 뜨던 이초석 목사님 집회도 다녀 봤습니다. 그때 느낀 것은 사람들이 많다는 것과 이초석 목사님이 능력이 있고 하얀 양복을 입었다는 기억입니다. 물론 지금은 이단이라고 하지만 그때의 추억은 특별한 경험이었습니다. 그리고 주일날 교회 봉고차가 안 오는 날은 천주교회도 갔습니다. 광명시 철산동 주공 아파트 내에 있는 교회였는데 외국 신부님이 설교를 했습니다. 한국말을 잘 하지는 못했습니다. 그 신부님은 서양인이었고 통통하고 젊은 편이었고, 그 정도의 기억밖에는 없습니다. 천주교회를 열 번 정도는 나갔습니다. 이렇게 나는 신앙생활을 하였고 항상 마음속에 믿음이 자라고 있었습니다. 신앙으로 인하여 언제나 어디서나 행복을 만드는 사람이었습니다.

중학교를 다닐 때 서울에는 친척들이 있었는데 그중에 이모와 고모가 계셨습니다. 두 분 다 가까이서 살아서 자주 왕래를 하고 학교에도 찾아왔습니다. 고모 집에 자주 갔었고 놀러 가면 맛있는 것도 많이 해 주었습니다. 고모는 개봉동 쪽에 살다가 노량진 쪽으로 이사를 갔습니다. 고모네 집에 가는 길은 즐거웠습니다. 개봉동에 살 때는 가까워서 개봉역 근처에 내려서 찾아갔고 노량진 쪽에 살 때는 동대문 운동장에 지나가서 가는 길이 꼭 여행을 하는 것 같이 즐겁고 활기찼습니다. 버스를 타고 전철을 타는 그

기분, 도심을 달리는 버스는 경쾌하고 일주일 동안 학교에서 받았던 스트레스를 풀 수 있는 시간이었습니다. 물론 이모네 집에 갈 때도 있었습니다. 이모네 집과 고모네 집을 찾아가는 시간이 참으로 즐거웠습니다. 고모 아들 딸들은 그때 어렸었는데 나와 친하게 지냈고 어린이 공원도 갔던 기억이 납니다. 이모는 학교에 자주 찾아 오셨는데 빨래도 해 주고 가끔 용돈도 주시고 가셨습니다. 고모는 나에게 이모가 돈을 주니까 나보다 좋으냐고 샘을 부렸습니다. 그때에는 두 분께서 경쟁적으로 나에게 잘해주려고 했던 것 같습니다. 물론 농담으로 나에게 그랬겠지만 두 분 다 나를 잘 도와주려고 했습니다. 이렇게 어려운 점도 있었지만 중학교 시절이 어렵지는 않았습니다.

서울 경험은 나에게 있어서 충만하고 즐거움이 넘치는 것이었습니다. 이곳저곳을 구경할 수 있었고 서울의 문화적 혜택을 누릴 수 있었습니다. 그래서 공부는 열심히 못했지만 인생에 있어서 좋은 추억만은 많이 만들었고 이곳저곳을 신기한 눈으로 볼 수 있었습니다. 세상은 여행지라고 생각을 했습니다. 내가 가는 곳마다 외롭고 불행했지만 시각을 바꾸어 여유 있게 즐기며 아름답게 세상을 볼 수 있는 눈을 뜨게 했던 것입니다. 세상은 아름다움으로 빛나는 것은 아니지만 마음속에 행복의 끈을 놓지 않는다면 살아볼 만한 것이라고 생각되었고 하나님이 나와 함께 계시고 예수님께서 나의 주인이라는 것을 믿을 수 있을 때 어떤 두려움도 없었던 것입니다. 세상은 마음먹기에 달려있다고 생각합니다. 행복으로 누구든지 갈 수 있으며 인생에서의 포기란 그리고 끝이란 없다는 것입니다. 어린 시절 일어날 수 없는 상황이었지만 다른 친구들은 괴로워하며 술을 마시고 세상을 원망하며 저주하는 것도 많이 보았습니다. 세상은 내 마음대로 안 되며 공평하지가 않습니다. 그래서 많은 사람들이 싸우면서 독을 품고 살고 그렇지 않은 사람들은 나약한 삶을 살아갑니다. 우리는 절망 속에서도 또한 새로운 희망을 찾아야 된다고 생각합니다. 어린 시절의 고난은 나에게 고통이 아니라 또 다른 세계로의 여행이었고 추억이었다고 말 할 수 있습니다.

꿈꾸는 어린왕자

나는 중학교를 마치고 남들은 서울로 고등학교를 오기 위하여 시골에서 올라오곤 했습니다. 나는 공부도 못하고 서울에서 공부하는 것이 어려웠기 때문에 영동으로 가게 되었습니다. 영동으로 시험을 보러 내려가는 날 서울에는 시골에서 올라오는 학생들이 많이 있었습니다. 역전이나 터미널에서 나는 그런 친구들을 한눈에 찾을 수 있었습니다. 짐 보따리를 들고 어른의 뒤를 따르는 그런 학생들입니다. 나는 속으로 창피하기도 하고 자존심도 상했습니다. 우리 학교에서 일반학교로 진학한 학생들은 절반이 안 되었습니다. 다른 친구들은 특수학교를 제외한 서울이나 경기도 쪽의 일반학교를 들어간 학생들은 더욱 드물었습니다. 학생들 중에 다섯 명 정도는 경기도 쪽이나 서울 쪽의 일반학교를 다녔던 것 같습니다. 그런데 나는 실력이 없어서 시골로 시험 보러 가는 중이었기 때문에 다른 학생들이 상경하는 모습을 한눈에 알 수 있었습니다. 우리가 학교를 다닐 때는 평준화가 된 상태가 아니었기 때문에 시골에 있는 아이들이 서울로 많이 오고 또 서울에 있는 아이들도 지방으로 다니는 경우가 있었습니다. 영동고등학교에 시험을 봤지만 떨어졌습니다. 상고와 농고에 가려고 했지만 그곳에서는 장애인이기 때문에 받아주지를 않았습니다. 어디로 갈까 한참을 찾다가 이웃 지역에 있는 고등학교인 보은고등학교로 가게 되었습니다. 그곳에서는 한 학기 동안만 있었습니다. 내가 다니기도 어려웠고 혼자서 하숙을 하는 것도 어려웠습니다. 하숙집 아주머니가 좋으신 분이었는데 나를 데리고 있는 것이 부담이 되었던 것입니다. 우리 엄마는 나를 보은에서 학교를 다니게 하는 것이 여러 가지로 힘들었습니다. 내가 토요일에 집에 왔다가 일요일 날 가는 것도 그렇고 내가 몸이 불편하기 때문에 하숙생활도 그다지 편한 것은 아니었습니다. 그래서 전학을 하려고 했습니다. 전학은 쉽게 할 수가 없었습니다. 여러 군데 알아보기도 하고 아는 사람을 통하여 전학할 수 있는 방법을 찾아보기도 했습니다. 그래서 한 학기가 끝난 다음 영동고등학교로 전학을 왔습니다.

영동고등학교 생활은 어려운 일은 그렇게 없었습니다. 친구들도 쉽게 사귀었고 영동고등학교에서는 내 친구가 많이 있었습니다. 양산초등학교를 졸업했기 때문에 양산초등학교 친구들이 있었고 내가 초등학교를 1년 늦게 졸업한 관계로 2학년 심지어는 3학년에도 친구들이 있었습니다. 나는 장애학생이었기 때문에 나를 때리는 학생들은 아무도 없었습니다. 학교를 전학가자 하루는 선배들이 나를 보러 찾아온 적은 있습니다. 그 선배들은 나를 보고 장애인이라서 그런지 그냥 확인만 하고 교실을 나갔습니다. 그렇게 영동고등학교 시절이 시작되었습니다. 친구들도 자연적으로 사귀게 되었고 학교가 끝나면 우리집까지 자전거로 태워주는 아이들도 있었습니다. 그런 친구들이 신무, 상진이, 찬선이 등이 있습니다. 우리집에서 라면도 끓여먹고 음악을 틀어놓고 춤도 추고는 했습니다. 우리집에는 엄마가 낮에 장사를 해야 되기 때문에 집에 외할머니밖에는 없었습니다. 외할머니가 마실을 나가면 우리들은 놀기도 하고 그 시절 좋아하던 음악을 들었습니다. 신무는 할머니, 할아버지가 계시는 집에서 부모님과 떨어져 혼자 생활을 했기 때문에 신무네 집도 아지트가 많이 되었습니다. 그곳에서 여러 친구들을 만나기도 했습니다. 시험 보는 날은 우리들의 행사가 있는 날이었습니다. 일찍 끝났기 때문에 친구들이 모일 수 있었습니다. 우리들은 학교에서 '곰파'로 불리기도 했습니다. 우리 친구 중에는 곰처럼 생긴 애들이 몇 명 있었기 때문입니다. 친구가 좋아서 모인 그룹이었습니다. 학교에서는 폭력서클이나 학생들을 괴롭히는 그런 쪽은 생각하지도 않는 순수 친구들의 모임이었습니다. 다른 아이들이 우리를 부러워하기도 했습니다. 폭력서클에 있는 아이들하고도 친했는데 순수 친구로서 친목을 다졌지 그들과 정치적 개입 같은 것은 하지 않았습니다.

시골에서는 친구들이 모이면 술을 마시고 담배를 피우는 것은 거의 보통으로 했습니다. 우리는 만나면 술과 친했습니다. 시골이라서 놀이 할 수 있는 상황이 아니었습니다. 음악을 틀어놓고 춤을 추고 그런 모임이었습니다. 친구들은 돈이 없어서 슈퍼에서 음식이나 술을 훔쳐 오다가 들켜서 혼난 적도 있었습니다. 하루는 친구들이 자동차 마크를 뜯어다가 팔면 비싸게 팔 수 있다고 해서 몇 밤을 새도록 다니면서 모은 적도 있었습니다. 그것을 모았지만 어디에다가 파는 줄을 몰라서 자기들이 가지고 다닌 적이 있습니다. 나도 한 번 대우로얄 마크를 뜯어서 책상서랍에 붙여놓은 적이 있습니다. 그리고 하루는 친구들이 부탄가스를 흡입하면 기분이 좋다고 해서 한 번 친구들과 집에서 몰래 해봤습니다. 가스 흡입을 할 때는 가스 물이 나오면 입이 얼어버리는 것처럼 얼얼해져서 안 됩니다. 친구들은 비닐봉지에다가 가스를 나오게 해서 흡입을 했고, 나는 입에다 대고 그냥 했습니다. 흡입을 할 때 흔들리지 않고 살살 가스가 나오게 하면 잘됩니다. 나는 그렇게 흡입을 하고 하늘을 날으는 기분을 맛보았습니다. 하고 난 후 생각해보니까 그렇게 좋은 것은 아니었습니다. 그래서 나는 친구들에게 다음부터 하지 말자고 했습니다. 그러나 친구들은 그 후로도 한두 번 더 하였고 내가 하지 말자고해서 그런지 거기서 끝냈습니다. 공부도 열심히 했지만 시골 학교가 주는 재미도 느끼는 학창시절을 보냈습니다. 또한 나는 외할머니가 다니는 영동제일교회를 다녔습니다. 교회에서는 신앙생활도 잘하였고 또 교회가 갈라지는 모습도 보았습니다. 그렇게 영동에서의 생활은 넉넉하지는 않았지만 친구들과 만나고 들로 산으로 다녔습니다. 나는 그런 순간에도 하나님을 위한 꿈을 잃지는 않았습니다. 나는 어린 시절인 그때에도 장애인들을 위한 사역을 해야겠다는 생각으로 살았습니다. 그 당시 내 친구들이 많이 있었고 나보다 학년이 높은 여자 친구들은 취업을 나가서 돈을 버는 친구들도 있었습니다. 내 인생은 하나님을 믿으며 장애인들과 함께 하는 삶을 살아야겠다고 말을 했는데 다른 친구들은 네가 이 세상을 몰라서 그런다고 하며 그런 일은 하기가 힘들다고 했습니다. 나는 고등학교 때부터 목사님이 되어야 겠다는 생각을 했습니다. 그러나 많은 친구들은 그렇게 될 수 없다고 그것은 꿈일 뿐이라고 하는 이야기를 들었습니다. 이렇게 어린 시절에 하나님을 위한 꿈을 키우며 그리고 들로 산으로 친구들과 몰려다니며 세상을 조금씩 알아가는 어린 시절에서 또한 고등학교 시절을 보냈습니다.

제2부

꿈을 꾸는 어린왕자

하늘을 찌르는 사람들

서울에서 중학교를 특수학교로 다녔기 때문에 공부실력이 좋지 않았습니다. 중학교 때 기본기가 없어서 많이 공부를 해도 성적이 오르지는 않았습니다. 그렇게 나는 공부를 했지만 대학을 들어갈 수는 없었습니다. 그 당시 법학과를 가고 싶었고 나는 판검사를 하는 것보다 법을 연구하는 사람이 되고 싶었습니다. 내 실력으로는 대한민국 땅에 어느 대학도 갈 수가 없었습니다. 나는 고등학교를 졸업하자마자 대전으로 올라왔습니다. 대전에서는 효성학원을 다녔는데 첫 수업시간에 어버이 은혜를 부르고 시작을 하는 그런 학원이었습니다. 한 반에 백 명은 넘었고 문과 이과를 합쳐서 11개 반 이상이 되었습니다. 그 당시 대전에는 그런 학원이 열 개 이상 있었습니다. 그 당시에는 재수는 필수, 삼수는 선택, 사수는 마누라한테 물어보고 한다는 농담이 있었습니다. 그렇게 재수를 시작하였고 처음에는 영동에서 통학을 하다가 그것이 너무 피곤하고 어려워서 태진이라는 친구 집에서 하숙을 하며 지냈습니다. 재수생활은 정신적으로 스트레스를 많이 받는데 재수 그룹에 있는 사람들은 서로 동질감을 많이 느끼게 합니다. 누군가가 눈물을 흘리면 함께 아파하고 그랬습니다. 그곳에서도 사람이 사는 곳이라서 그랬는지 학원에서 공부하기를 싫어하는 친구들도 있었습니다. 밤에는 자율학습을 했는데 친구들은 도망가고 싶어 했습니다. 어떤 친구는 옥상에서 배수관을 타고 내려오다가 떨어져서 허리가 다친 친구도 있었습니다. 그 친구는 소원대로 며칠 동안 입원을 했고 두 달은 학원에 안 나왔습니다. 학원이라는 곳은 공부하기가 더 어렵습니다.

주위에 놀 곳도 많고 나이트클럽도 우리를 기다리고 있고 학원만 벗어나면 음악다방도 갈 수 있었습니다. 밤만 되면 술을 마시러 친구들과 함께 가는 것이 좋았습니다. 친구들은 나를 만나면 "너 이 세끼 또 어제 술 먹었지?"가 인사였습니다. 대전에서의 생활은 공부도 열심히 하였지만 밤 문화를 알아가는 시간이었습니다. 그 당시 재수생활은 힘들었기 때문에 같은 처지의 사람들을 만나면 자연적으로 마시게 되었습니다. 괴로움이나 고민이 많았습니다. 재수한다는 자체가 엄청난 고민에 쌓이게 하였고 나름의 철학자로 변하게 하였습니다. 그러한 재수생들의 문화가 생겨났었고 또한 사회를 암울하게 하는 사건들도 많았습니다. 그러한 것들이 합쳐지다 보니 세상의 고통은 재수생들만 있는 것 같았습니다. 지금 와서 생각하니 변명 같기도 하고 우습기도 합니다. 하지만 우리는 그 고민 속에서 돌파구를 찾으려는 노력과 공부에 대한 스트레스가 짓눌렀습니다. 그리고 재수 초기에는 나이트클럽이 그렇게 좋았습니다. 신나는 음악을 들으며 삶의 고통을 잊어버리는 몸짓은 그것만으로 행복하게 하였습니다. 그래서 일주일에 세 번도 간적이 있습니다. 그러한 것들이 있었기 때문에 스트레스를 풀 수가 있었습니다. 태진이라는 친구 집에서 학원을 다니기 시작하였고 그곳이 나의 집처럼 편안했습니다. 같은 처지라 그런지는 몰라도 부모님도 나에게 잘해 주었습니다. 학원에서 자양동 태진이 집까지 걸어서 가거나 버스를 타고 갔습니다. 자양동 골목의 슬레이트 집들이 많았고 거미줄처럼 이어져 있었습니다. 밤이면 들어왔는데 구두 소리가 쿵쿵 울리면서 들어왔습니다. 우리는 공부를 하기 위하여 한 사람이 집에 가서 도시락을 가져오고는 했는데 내가 도시락을 많이 가지고 다녔습니다.

그래도 공부가 되지 않아서 절에도 잠깐 가서 공부를 한 적이 있습니다. 공주에 있는 신원사 근처의 조그마한 절이었는데 '계룡정사' 절이라기보다는 무당집이었습니다. 항상 불공을 끊임없이 드리고 그 소리가 새벽이나 밤이 되면 귀에 울렸습니다. 꽹가리를 두드리는 소리가 귀에 쟁쟁하게 울렸고 밥은 항상 불공드린 빨간 찰밥을 주었습니다. 반찬은 제사음식 같은 탕국이나 그런 류의 국과 반찬이 제공되었습니다. 그리고 그 당시 그 절에서 공부도 했지만 성경책을 읽었는데 눈에 들어오는 것이 요한계시록이었습니다. 잘 때는 꿈에 귀신들이 나왔습니다. 나를 목을 조이고 어두운 밤 귀신들은 나를 괴롭혔습니다. 그곳에는 공무원을 준비하는 사람도 있었고 사법고시를 준비하는 사람도 있었습니다. 나는 혼자서 공부하는 성격이 되질 못했습니다. 귀신과 싸우고 외로움과 싸우기에는 내 자신이 역부족이었습니다. 그래서 한 달 뒤에 대전으로 나왔습니다. 그때 세상의 여자들이 다 이뻐 보였습니다. 군인들이 외박 나왔을 때 여자만 보면 눈이 돌아가고 환장해 하는 이유를 알게 되었습니다.

나는 친구들과 7개월간 다니던 학원을 그만두고 독서실에서 공부를 하게 되었는데 가양동에 있는 청현제 독서실이었습니다. 그곳은 우리 또래 친구들이 있었는데 독서실 총무를 보던 친구들 무리와 우리 친구 무리와 그리고 나이 먹은 아저씨들 무리가 있었습니다. 우리는 또 그 무리들과 마음이 통했습니다. 그곳에는 여러 사람들이 있었습니다. 그 옆에 교회가 있어서 내가 먼저 그 교회를 다녔고 거기 있는 무리의 절반 이상이 교회에 다니기 시작했습니다. 우리는 성가대를 조직하여 태진이가 지휘를 하였고 교회생활도 재미있게 하였습니다. 우리는 일 년 이상 청현제 독서실에 있게 되었습니다. 다들 대학에 떨어지고 삼수를 했습니다. 그곳에는 남자들이 많았는데 들어가면 컴컴했었고 개인용 책상들이 짝 놓여있었습니다. 밤이 되면 그 자리에서 이불을 펴고

잤고, 스티로폼을 이용하여 막고 깔면 아늑한 공간이 되어 바람도 막고 사생활도 막을 수 있었습니다. 스치로폼으로 책상을 막으면 또 하나의 공간이 되는 데 그 속에 10명 이하의 사람들이 모이는 공간이 됩니다. 항상 같이 밥을 먹고 공부도 같이 했고, 이모식당이라는 곳에서 대놓고 먹은 적도 있습니다. 또 나는 태진이 집에서 밥을 가져오는 담당을 했기에 내 별명을 '밥드러' 아니면 '베드로'였습니다. 밤에는 다 불어 터진 라면을 먹는 맛은 일품이었습니다. 아침에 일어날 때는 크게 전축을 틀었는데 김수희의 애모 그리고 징기스칸 같은 노래가 울려 퍼지곤 했습니다. 크게 노래가 울려 퍼지면 여기저기 구석에서 잠을 자던 사람들이 일어났습니다. 창문을 열어 놓고 청소를 하고 아침을 시작하였습니다. 우리는 공부를 하였고 노력의 성과도 있었습니다. 노래를 잘 부르는 어떤 형은 어린 시절부터 호텔에서 잔뼈가 굵었었고 그 형은 호텔경영학과를 들어갔는데 지금은 어떻게 사는지를 잘 모릅니다. 태진이는 대전에 있는 모 대학을 들어갔고 경찰이 되었다는 소식을 들었습니다. 태진이는 리더쉽도 있고 친구들을 잘 이끌었기 때문에 더 큰 인물이 될 줄 알았습니다. 그곳에 있었던 사람들은 다 자기가 원하는 시험이나 고시에 합격을 하였습니다. 어떤 형은 운동권이었는데 우리에게 운동권에 있는 그런 일들을 알려 주었고 나에게는 새로운 혁명처럼 다가왔습니다. 독서실 야유회를 가면 운동권이 하는 것처럼 사람들에게 큰 소리로 외치고 떠들어 대곤 했습니다. 재미로 떠들며 운동권 흉내도 내고 그 형은 우리 독서실이 안기부에서 도청을 한다는 소리도 했습니다. 나중에 그 형은 수자원공사에 들어갔는데 높은 사람이 되었다는 소식을 들었습니다. 그리고 우리 독서실에는 진짜 안기부에서 근무하다가 온 사람도 있었습니다. 그 사람에게 안기부에서 생활하던 이야기도 듣고 참 재밌었습니다. 샌님처럼 똑똑한 어떤 형은 한국 민족 종교에 가입이 되어 있었고 나를 그곳으로 인도하려고 설명을 잘해주었습니다. 그 형은 나중에 대전에 있는 선거관리위원회에 들어갔습니다. 나와 효성학원에서부터 함께 있었던 성격이 둥글둥글해서 좋은 형은 충남대학교 수의과를 들어가서 동물병원을 차렸다는 소식도 있었고, 여러 사람들 모두 경찰, 소방관 등 그 속에는 많은 사람들이 꿈을 이루는 결과를 가져왔던 것입니다. 이렇게 우리는 공부실력에 비해 노는 실력은 다 막강했습니다. 자신감 하나로 똘똘 뭉친 우리는 어떤 것도 무서울 것이 없었습니다. 우리 독서실에 있었던 사람들은 모두 다 공부를 잘 했고 놀기도 잘 했습니다.

주님께 바쳐라

어린 시절부터 항상 주님을 잊고 산 적은 없습니다. 걷기 시작하면서부터 교회를 다녔고 초등학교를 지나 중학교 때에는 주님이 누구라는 것을 알았습니다. 한 번은 재수를 할 때 엄마가 기도원에 가자고 영동으로 내려오라고 했습니다. 영동에 기도원이 하나 생겨서 집회를 했는데 강사 목사님이 신유은사를 잘하는 목사님이었습니다. 엄마는 내 몸이 나을 수 있다는 믿음을 가지고 나를 오라고 한 것이었습니다. 나는 그것은 믿지는 않았으나 엄마가 오라고 하는 말씀에 그냥 갔습니다. 엄마는 나를 위하여 기도를 하며 하나님께 부르짖었습니다. 예전에도 한 번 중학교에 다닐 때 엄마와 용문산 기도원에 간 적이 있습니다. 그때는 사람들이 많았던 것으로 기억을 합니다. 산속에 사람들이 너무 많아서 사람들은 하얀색으로 그리고 나머지는 나무였습니다. 산을 보면 사람들이 흰옷을 입어서 그런지 구름떼 같이 보였습니다. 그곳에서 방을 하나 얻어서 숙식을 하며 기도를 한 적이 있습니다. 하지만 영동에 있는 기도원은 숙식과 집회를 하는 곳이 같이 있었습니다. 말씀은 능력이 있어서 좋고 힘을 주는 말씀이었습니다. 그렇게 일주일을 보내고 다시 대전으로 올라왔습니다. 또 다음에 대전에서 공부를 하고 있을 때 그 목사님이 오신다고 해서 또다시 그곳으로 갔습니다. 엄마와 나는 열심히 기도하였고 말씀은 나의 마음속을 파고들었습니다. 지난 집회에도 그랬지만 요번 집회에도 계속해서 하나님께서 부르시는 것이었습니다. 나는 그럴 때마다 부인을 하며 외면했습니다. 중학교 때와 고등학교 때, 하나님의 부르심을 알았었습니다. 하지만 공부를 하고 세월이 흐르다보니 잊혀지게 되었습니다. 그리고 나는 공부를 해서 법을 연구하는 학자가 되고 싶었습니다. 그래서 재수를 하고 삼수를 하게 되었던 것입니다.

나는 하나님께 이 몸을 드리겠다고 한 적은 많았습니다. 하지만 하나님께 드리는 것이 꼭 신학공부를 해서 목사님이 되는 것은 아니라고 생각했습니다. 내가 열심히 일해서 주님께 영광을 돌린다면 그것 또한 잘 하는 일이라고 생각했기 때문입니다. 그렇게 요리조리 피할 길을 만들었던 것입니다. 그리고 목회의 길이 얼마나 어렵고 힘든지를 어릴 때부터 눈으로 보고 들었기 때문입니다. 그러나 하나님은 내가 당신께 드려지기를 원했던 것입니다. 집회를 가면 계속해서 하나님의 음성이 들리는 것이었습니다. "세아야, 몸과 마음을 바쳐라". 이런 음성을 계속해서 들었고, 나는 계속해서 아니라고 부정을 했습니다. 첫 번째 집회 때도 들었지만 피해갔습니다. 나는 고등학교 때 내가 장애인들과 함께 살면서 주님의 일을 하겠습니다. 라고 고백을 한 적도 있었고 항상 예배를 드리거나 할 때도 나에게 확신으로 다가왔습니다. 그러한 생각이 내 머리를 계속해서 스쳐 지나갔고 이제 나는 주님께 두 손을 들고 돌아오게 되었습니다. 그날 눈물이 앞을 가리며 나의 입에서는 주님께 나의 모든 것을 드리겠다는 고백이 나왔습니다. 집회는 중간을 지나고 있었을 때였습니다. 나는 눈물만 흘렸고 다른 사람들이 보는데 서도 엉엉 울었습니다. 큰 소리로 회개하며 지난 일들을 돌이키게 되었고 지금까지 내가 온 것은 하나님의 계획이었다고 생각이 들었습니다. 기도하는 순간 과거의 일들이 주마등처럼 스쳐 지나갔고 여기까지 온 내 모습이 너무나 부끄러워 말로 할 수 없었습니다. 그런 나를 하나님은 안아주셨고 그 품안에서 살기로 결심을 했습니다.

이렇게 주님의 사랑이 큰지를 그동안 깨닫지 못했던 것이 후회스러웠습니다. 다시 나는 대전으로 올라왔고 이제부터는 주님을 위하여 살겠다고 다짐을 하게 되었습니다. 공부를 계속하며 신학교를 갈 계획을 세웠습니다. 그러나 주위에서는 반대를 하는 것이었습니다. 시골 교회의 목사님도 반대를 하셨고 내가 다니던 광명성결교회 목사님도 반대를 하셨습니다. 목회의 길이 힘들기 때문이었습니다. 하지만 나는 그 길을 가야겠다는 뜻을 꺾지 않았습니다. 엄마는 내가 하는 일에 반대하지는 않았습니다. 하지만 엄마도 찬성도 하지 않았습니다. 외할머니나 이모, 외삼촌 등 외가 쪽 식구들은 모두가 반대였습니다. “목사님이 되면 굶어죽는다” 라고 하거나 아니면 “우리 동네에도 장애인 목사님이 계셨는데 굶어 죽었다” 그리고 “너는 몸이 불편해서 설교도 못한다.” 이런 말들을 했습니다. 나는 하나님이 부르신 것이 확실했고 사람을 낚는 어부가 되라고 한 예수님의 말씀을 믿고 있었습니다. 항상 주님께서 나를 붙드시고 계신다는 것을 알았습니다.

정금 같은 믿음

나는 신학공부를 하겠다고 마음먹은 다음부터 더욱 기도와 말씀 보는 일에 게을리 하지 않았습니다. 생활적인 부분에서도 더욱 노력을 하였습니다. 신학공부를 하겠다는 마음을 먹은 다음부터 이상한 것, 즉 귀신이 보이기 시작했습니다. 사람을 보면 그 사람이 귀신이 역사하는 것을 볼 수 있었습니다. 선명하게 보이는 것은 아니었지만 검은 그림자로 보였습니다. 교회에서도 기도할 때 귀신들이 지나가기도 하고 어떤 건물을 보면 검은 안개가 낀 것처럼 보였습니다. 내가 경험했던 한 가지 예를 들어 본다면 비래동 쪽 독서실에서 기거할 때 가양동에 큰 교회 중에 하나인 모 교회도 검은 그림자가 보였는데 나중에 그 교회 담임목사님께서 간증을 할 때 그 이유를 알게 되었습니다. 그 목사님 말씀이 자기는 텔레비전 시청하는 것을 많이 좋아했다고 했습니다. 그리고 올림픽 때에도 텔레비전을 보다가 설교에 충실하지 못했다고 하는 고백을 들었습니다. 하나님께서 주신 좋은 은사였습니다.

내가 신학공부를 하고 3학년 때부터 내 눈에 보이던 은사가 점점 없어졌습니다. 나는 그것을 이렇게 생각했습니다. 하나님을 깊이 알기 전에는 하나님께서 표적을 보여주신다는 것이었습니다. 예수님께서도 이 시대에 보여줄 표적은 없다고 했습니다. 그것은 사랑과 믿음과 소망 가운데 나타나는 것이라고 알고 있습니다. 예수님께서도 표적과 기사를 보지 못하면 도무지 믿지 아니하리라 (요5:48) 하면서 표적이 없이 믿는 믿음이 없는 것을 한탄해 하셨습니다. 진짜 믿음은 보고 믿는 것이 아니라 보이지 않는 것도 믿는 것입니다. 천국은 보이지 않는 것입니다. 보이지 않는 것을 믿을 때 가능케 하는 것이 표적과 기사입니다. 표적과 기사는 맛보기로 보여주는 것입니다. 예수님께서는 요나의 표적밖에는 없다고 했습니다. 요나의 표적은 순종할 수 없는 일에 순종하며 사랑할 수 없는 일에 사랑하는 것과 구원을 위한 희생의 정신 그리고 하나님 말씀에 대한 절대 순종에 관한 이야기였던 것이었습니다. 나를 사랑하셨고 하나님이 있다는 것을 표적으로 보이시고 그 다음에는 하나님께서 나를 구원하기까지의 사랑과 역사를 알고 굳건한 믿음 위에 서게 하기 위한 것이었습니다.

내가 운동권에 있는 사람들과 사귄 적이 있었습니다. 그분들의 이야기는 내 마음을 사로잡았고 그런 삶이야말로 이 땅에 어려운 자들과 함께 하는 삶이라고 고백한 적도 있었습니다. 그러나 그 분들이 나중에는 자신의 영달을 위하여 뇌물을 쓰고 하는 것을 보면서 많은 회의를 느꼈습니다. 그리고 나는 신학교를 갈 결심을 했던 것입니다. 운동권에 계셨던 분들이 나를 신학교를 담당하라는 그런 지령까지도 내렸었습니다. 나는 점차적으로 그런 분들의 이야기가 정말 좋은 말씀이었지만 그분들의 삶을 볼 때 아니구나! 라는 생각을 했습니다. 예수님이야 말로 진정한 운동가셨고 삶을 모범으로 보여주신 실천가였습니다. 우리 인간들을 위하여 신의 몸으로 모든 고통을 받아들이신 그분이야 말로 내가 따를 사람이었습니다. 나는 예수님의 말씀을 따르는 자가 되기를 원했습니다. 그래서 신학교를 들어갔고 신학교에서의 생활이 시작되었습니다.

신학교에는 여러 부류의 사람들이 있었습니다. 여러 사람들과 만나고 교수님의 강의를 듣고 점차적으로 학문이라는 것이 무엇인지 깨닫게 되었습니다. 신학생으로서 갖는 여러 가지 애로점이 있었습니다. 신학생은 많은 것들을 타인들에게 요구받았습니다. 처음에는 그런 것들이 싫었습니다. 신학생들은 원래 착할 거야, 라는 생각과 또 여러 가지 신학생이기 때문에 받는 스트레스입니다. 학문도 나의 삶을 더욱더 혼란하게 하는 것이었습니다. 신학교에 가면 성경만 보고 기도하는 삶을 살 줄 알았습니다. 철학과 사회과학 그리고 지구과학까지 교양으로 배우게 되었습니다. 신학을 하는 나는 더욱더 하나님이 없는 것이 느껴졌습니다. 그리고 친구들은 이상하게 변해갔습니다. 그것은 바로 술을 마시고 담배를 피우는 것이었습니다. 나는 신학교에 들어가기 전에 모든 것을 끊고 들어갔습니다. 하지만 후배나 동생들이 괴로워하는 모습을 보았습니다. 그 친구들은 술과 담배 때문에 괴로워했습니다. 내가 느끼는 것은 술과 담배는 죄가 아니었습니다. 금연 금주 문화는 한국 기독교의 좋은 풍습이자 전통입니다. 그러나 그 친구들은 그것이 죄로 생각하고 있었던 것입니다.

그래서 나는 그들을 모아서 무엇 때문에 고민을 하는지 물어보았습니다. 그들은 술과 담배를 하면서 죄책감을 느꼈습니다. 죄책감을 느끼면 끊어라. 하지만 술과 담배 때문에 자신을 죄인을 만들어서는 안 된다. 라는 말을 해 주었습니다. 그리고 "술은 즐겁게 마시는 것이다. 괴롭게 마시려면 술을 마시지 말라." 그러면서 술 먹는 법을 가르쳤습니다. 그들과 모여서 술을 마시면서 돌아다니자 옆에 있는 술을 안 마시는 학우들이 나를 마귀를 보는 것처럼 쳐다보았습니다. 나는 술을 마시라는 것이 아니었습니다. 술 먹는 사람을 정죄하지 말라는 뜻이었습니다. 그러나 사람들은 나를 이상하게 쳐다보았고 내 자신도 점점 이상하게 빠져들었습니다. 때로는 이슬람을 믿고 싶었고 하나님이 없는 것처럼 여겨졌습니다. 그러나 나는 그럴 때도 기도를 했습니다. "하나님

나에게 없는 하나님을 있게 해 주세요." 라는 울면서 기도했습니다. 성 어거스틴처럼 방황을 하였습니다. 신학교에 와서 믿음은 더욱 혼란스러워졌고 믿었던 하나님이 없는 것 같았습니다. 서구의 역사를 배울 때는 더욱 그랬습니다. 기독교인들의 만행과 죄악으로 물들어 있었고, 과연 서구가 예수님을 택하지 않고 이슬람을 먼저 받아들였다면 나는 지금쯤 이슬람교도가 되어있지는 않았을까? 라는 여러 가지 고민에 빠져 있었습니다. 친구들과 어울리며 더욱 세상 적 사고와 회의로 빠져들어 갔습니다.

하지만 하나님은 나에게 그런 유혹을 이겨내게 하셨고 지난날의 잘못을 깨닫게 하셨습니다. 신학교 1학년이 끝나던 12월 31일 혼자서 하나님을 만났습니다. 교회에는 아무도 없었고 십자가 불만이 나를 바라보고 있었습니다. 눈물만 흘릴 뿐이었습니다. 그동안에 있었던 모든 일들이 나의 잘못이라고 고백되어 졌고 거룩함을 위해서는 겉모습도 아름다워져야 된다는 것을 알게 해 주셨습니다. 내면만 깨끗하고 겉모습이 더럽다면 그것 또한 하나님께서 원하는 길이 아니라는 것을 깨닫게 되었습니다. 그때 깨달은 것이 "믿음생활에는 외식도 때로는 필요하다." 라는 것이었습니다.

하나님께서는 나의 믿음을 더욱더 굳건하게 하기 위하여 방황도 하게 하시고 표적도 보여주셨습니다. 이러한 과정을 거치면서 나의 믿음은 자라나게 되었던 것입니다. 상한 갈대도 꺾지 않으시고 꺼져가는 등불도 끄지 않으시는 하나님을 의지하면서 세파에서 흔들린 믿음을 하나님께서는 감싸주시고 잘 자라게 이른 비와 늦은 비(요엘 2:23)로 나를 성장하게 했던 것입니다. 그래서 나는 날이 갈수록 믿음이 굳건해 졌습니다.

신학교에는 이런 말이 있었습니다. “1학년은 목사님, 2학년은 장로님, 3학년은 집사님, 4학년은 잡사님” 이러한 말이 있었습니다. 그러나 나는 반대였습니다. 나는 잡사의 믿음에서 목사님의 믿음을 닮아 가고 있었습니다. 신학생의 삶은 정말 어렵습니다. 가톨릭처럼 외적인 어려움이 아니라 나와의 싸움과 믿음을 지켜나간다는 것이 엄청 쉬운 일은 아니었습니다. 우리 동기나 후배들 중에는 도중에 그만 둔 사람이 더 많았고, 전도사님이나 목사님이 되어서도 포기하는 목회자들도 많았습니다. 하나님께서 나에게 바라는 것은 “나의 가는 길은 그가 아시나니 그가 나를 연단하신 후에는 내가 정금같이 나오리라”(욥 23:10)라는 말씀처럼 혼란에서 안정을 바라보고, 보이지 않는 믿음에서 확실하게 행하는 믿음으로 정결한 정금과 같은 삶을 요구하는 것이었습니다.

주님과 함께하는 삶

어린 시절부터 나의 삶은 교회와 항상 함께하는 시간이었습니다. 양산에 있을 때 걷기 시작하면서 다니기 시작하였습니다. 초등학교 시절에는 교회가 문화의 중심이 되었습니다. 교회에서 배운 노래가 학교로 바로 직수입되었고 운동회에서도 응원가로 불리곤 했습니다. 그래서 교회가 학교를 도와주는 줄 알았습니다. 교회만 가면 신나고 재미있는 일들이 많았습니다. 내 친구 중에 둘이나 목사님 아들이 있었습니다. 하나는 봉곡리에 있는 교회 목사님 아들이고 또 하나는 양산교회 목사님 아들이었습니다. 나는 양산교회를 다녔는데 친구가 있기도 해서 좋았습니다. 그 친구가 지금은 대전에서 목회를 하고 있는 김신일 목사입니다. 할머니께서 다니시고 고모들도 함께 다녔습니다. 나는 사촌 동생들을 데리고 다녔습니다. 주일날이면 만화 영화도 못 보고 9시가 되면 교회로 가곤 했습니다. 고모가 헌금을 주시곤 했었는데 헌금을 내지 않고 과자를 사 먹은 날이면 귀신같이 알았습니다. 그런 날이면 가시 회초리로 맞곤 했습니다. 우리 할머니께서는 기도를 많이 하시는 분이셨습니다. 항상 새벽 기도를 다니셨는데 겨울이 되면 새벽에 나가면서 얼굴에 치맛자락으로 스치며 나를 깨우면 눈을 한번 뜹니다. 그리고 다시 한 번 문이 열리고 얼굴 위로 눈이 얼어붙은 치맛자락이 차갑게 눈을 뜨게 합니다. 우리 할머니는 우리 집안을 위하여 기도한 것입니다. 그때 당시는 큰 아들도 먼저 보내고 손자라고 하나 있는 것도 장애인으로 아버지 없이 크고 있고 작은아들도 결혼을 해서 아이들도 있는데 매일 술만 먹고 속을 썩이기 때문이었습니다. 우리 가족은 할머니도 할아버지를 빨리 하늘나라로 보내셨고 그것보다도 증조할머니는 젊은 시절에 남편을 일본에서 여의셨기 때문에 우리집은 줄줄이 과부가 우리 어머니까지 셋이나 되었습니다. 우리 할머니는 교회를 안 다니면 안 되는 사람이었습니다. 작은 체구로 일도 많이 하시고 남자들이 하는 일들을 다 하시는 것 같았습니다. 그 당시에 우리 동네에서는 남자들은 술을 많이 먹었습니다. 그래서 집안일과 바깥일을 여자들이 많이 했었습니다. 할머니는 억척으로 일을 하시고 교회를 열심히 다니셨습니다. 할머니는 나를 위하여 기도를 많이 하셨던 것 같습니다. 나의 미래를 위하여 기도하셨는데 어쩌면 지금도 내가 살아갈 수 있는 힘은 할머니의 기도가 있었기 때문일 것입니다.

중학교를 서울에서 다녔는데 거기서도 항상 신앙생활을 했었습니다. 특수학교였기 때문에 차가 와서 데리고 가곤 했습니다. 그 학교는 영친왕의 부인인 이방자 여사가 설립한 학교지만 이사님들이 목사님이 계셔서 일주일에 한 번씩 예배가 있었고 기숙사에서도 예배가 진행되었습니다. 주일이면 주변의 교회를 다녔는데 광명장로교회와 감리교회를 다녔었고 가끔 교회 차가 안 오면 천주교회를 다녔습니다. 천주교회에는 외국인 신부가 어눌한 한국말로 예배를 인도하곤 했습니다. 그 당시 광명장로교회에서는 교회 건물이 없어서 천막을 치고 예배를 드리기도 했습니다. 그때 이초석 목사님이라는 사람이 유명했었는데 그 교회도 광명시 근처에 있어서 가 보았습니다. 사람들이 대단히 많이 모였고 그 목사님은 하얀 양복을 잘 입었습니다. 그러면서 나는 항상 주님을 위하여 살겠다는 생각뿐이었습니다. 중학교에 다닐 때 예수님께서 누구인지 분명히 알게 되었고 예수님을 믿음으로 구원을 받는다는 것을 깨닫게 되었습니다. 나의 죄를 위하여 돌아가셨고 나는 그분을 주인으로 영접하면 하나님의 자녀가 된다는 것을 영적으로 믿게 되어 그때부터 내 영혼은 자유를 얻을 수 있었습니다. 중학교는 서울에서 그렇게 신앙생활을 하고 엄마가 있는 영동으로 고등학교를 다녔습니다.

교회가 희망이다

영동에서는 교회를 거의 고등학교 때부터 영동제일교회를 다녔습니다. 중학교 때도 가끔 다닌 적은 있었지만 고등학교를 영동으로 오면서 다니게 된 것입니다. 고등학교 때에는 여러 가지 생각들을 포괄적으로 생각하는 교육을 받았습니다. 교회는 너무나 좋은 곳, 가면 편하고 좋은 곳이었습니다. 하나님의 창조세계를 잘 보전하고 사랑을 알게 하고 실천적 과제들을 나누며 믿음을 키워가는 활동을 했습니다. 우리 교회는 기독교장로회 소속의 교회로서 우리나라가 어려운 시절 민주화 운동으로 사회의 모범이 되는 교회였습니다. 청년운동을 한 선배들도 많아서 서로 보고 배우며 너무 구속하거나 율법적으로 얽매는 것이 적고 이끌어주는 사람들이 많아서 공동체 속에서 성취감을 느끼며 생활을 했습니다.

어느 날 많은 학생들과 여러 교인들이 다른 집에서 예배를 드리는 것이었습니다. 나는 그것이 교회가 갈라지는 것인지도 몰랐습니다. 외할머니나 어머니는 그 교회를 오랫동안 다녔기 때문에 내가 그곳에 가는 것을 싫어했습니다. 그렇게 교회는 갈라졌고 다른 동네로 갈라진 교회는 이사를 가게 되었습니다. 하지만 우리 교회도 갈라진 교회도 서로 상처만 남기고 각자의 길을 떠난 것입니다. 갈라진 교회가 청년이나 학생들이 더 많았지만 남아 있는 교회도 역사가 있었기 때문에 학생이나 청년들이 나오기 시작했습니다.

교회는 금방 회복되어져 갔고 나도 그렇게 아이들과 어울려 생활을 했습니다. 내가 아는 친구들도 교회에 나왔었는데 까불까불하는 친구들은 얼마 다니지 못하고 중도에 하차하는 것이었습니다. 그렇게 고등학교 시절의 신앙생활은 무엇인가를 생각하며 헤어짐과 또 만남 이런 것들이 교차하면서 성장하는 시기였습니다.

고등학교를 졸업하고 2년 동안 재수를 하였고, 신학교에 들어가면서 다시 교회를 다니기 시작했습니다. 나는 교회 선생님들과 어울리면서 주일학교 교사와 중고등부 교사, 청년회 활동 등이 시작되었습니다. 방학이 시작되면 가장 먼저 주일학교 교사 강습회가 시작됩니다. 다음 주부터는 3~4일 동안 여름 성경 학교를 하고 그 당시에는 그다음 주에는 중고등부 캠프가 있습니다. 그리고 그다음 주에는 청년회 캠프가 있습니다. 그리고 가끔 있는 일인데 장년들 기도원 가는데 또 따라가야 됩니다. 시골이어서 그런지 나 같은 젊은 일꾼들을 가만히 나두지 않는 것이었습니다. 그리고 마지막으로 장애인 선교단체인 밀알선교단 사랑의 캠프를 갔다 오면 방학이 끝납니다. 젊은 청년들이나 조금 일을 할 만한 사람들은 이렇게 방학을 보내는 경우가 많았습니다. 나는 이렇게 생활하는 것이 기쁘고 즐거웠습니다.

내가 주로 교회에서 담당한 일은 중고등부 교사였습니다. 학생들을 일일이 찾아다니며 지도를 하고 교회 모임에 나오도록 하는 것이었습니다. 몇몇 학생들은 나와 거의 일주일에 3번은 만나서 이야기하고 찬양 테이프나 그들이 좋아하는 댄스 가수들에 춤을 추는 것에 대한 관심과 공부를 하도록 지도하는 것이었습니다. 때로는 학생들의 집에 가서 자면서까지 공부를 하도록 하고 함께 먹고 자면서 생활을 한 적도 있었습니다. 학생들 부모들이 거의 교인들이었기 때문에 믿고 맡겼던 것입니다. 함께 전도도 하고 여름이면 캠프 준비를 하며 신앙생활을 잘할 수 있도록 하는 것입니다. 캠프 때에는 기도원이나 아니면 다른 동네의 자연이 수려한 숲 속 교회로 가기도 했습니다. 함께 집회도 하며 게임도 만들고 성도들이 만들어준 맛있는 음식도 먹는 즐거움이 하늘을 날아가는 즐거움이었습니다. 웃고 떠들고 또 뜨겁게 기도하고 서로 서로를 위하여 중보기도해주며 캠프가 끝나면 하나가 되고 신앙이 조금 커지는 것 같았습니다.

영동지역의 중고등부가 있는 교회를 찾아다니며 연합 행사도 했습니다. 연합으로 모여서 여름 캠프도 하고 집회도 하면서 영동 지역의 학생 복음화를 위하여 이리 뛰고 저리 뛰고 하는 사역도 했습니다. 중고등부 교사 시절에 함께 했던 제자들은 지금도 신앙생활을 잘하며 믿음의 생활을 변치 않게 하고 있습니다. 학생들 고등학교 시절 대학교를 보내기 위하여 지금의 문미연 목사님과 함께 밤이 새도록 지도하며 공부를 하도록 했습니다. 장준홍이라는 제자의 집에서 한석이라는 제자들과 밤에 졸음을 쫓기 위하여 야구 방망이로 머리를 때려가며 찬물을 얼굴에 뿌려가며 공부를 하도록 했던 적도 있습니다. 얼마나 함께하고 친했는지 제자들의 친구들도 다 알고 지내는 정도였고 지금까지도 알고 지냅니다. 그 제자들이 지금은 다 밥벌이는 하고 있고 교회에서도 귀한 일들을 맡아서 사역하고 있기 때문에 정말 마음이 뿌듯합니다. 그 아이들이 아니더라도 영동에 내려가면 나와 함께하고 가르쳤던 제자들이 가끔 인사를 하고 그럴 때면 내가 잘했구나. 라는 생각을 하게 됩니다. 교회 학교가 살아있었고, 그 시대는 교회에서 민주화나 예절생활의 모든 것, 그리고 신앙생활을 가르쳤습니다.

엄마의 신앙

우리 엄마는 어린 시절 부모님들의 신앙에 따라 교회를 다녔습니다. 아버지와 결혼을 하고 나를 낳고 아버지의 소천으로 인하여 열심히 살아야만 했습니다. 시댁에서는 혼자서 살기가 어려워 어린 나를 두고 영동으로 돈을 벌기 위하여 가야 했습니다. 엄마의 마음속에는 하나님이 계셨지만 교회를 다닐만한 여유가 없었고 하나님을 원망하는 마음도 많이 있어서 교만 때문에 교회에 다니지 못했던 것입니다. 엄마를 위하여 항상 기도하였고 마음에 하나님을 받아드리도록 말씀을 드렸습니다. 내가 대흥침례교회 다닐 시절에 엄마를 위하여 전도하러 온 적도 있었습니다. 이렇게 엄마의 구원을 위하여 기도하며 노력을 했습니다. 엄마는 그럴 때 마다 예수님을 믿는다고 해놓고 교회는 가지 않았습니다.

내가 대전에 있을 때 갑자기 엄마가 쓰러지셨습니다. 심장 쪽에 이상이 있어서 수술도 해야 했고 한쪽이 마비가 왔었습니다.

모든 사람들이 엄마에게 관심을 가지며 교회에 나가야 된다고 했습니다. 그 전에는 교회에 나가라고 하면 다른 말을 하며 교회에 나가지 않았습니다. 엄마는 자신이 몸이 병이 들자 하나님을 찾고 교회에 다니기 시작했습니다. 처음부터 새벽 기도를 다니기 시작 했고 지금까지도 한 번도 빠짐없이 새벽에 일어나셔서 기도를 하십니다. 엄마는 그동안 마음속에 하나님을 부인하다가 몸이 아프고 나서 하나님을 진정으로 믿기 시작했고 아들을 위하여 많은 사람들을 위하여 기도하고 계십니다.

엄마는 그 후로 신앙생활을 잘하셨습니다. 엄마는 다른 교인들보다 솔선수범하며 몸에 배인 부지런함으로 교회와 성도들을 섬기며 지역에서도 여러 면으로 섬기는 일을 하셨습니다. 원래부터 사람들에게 나누며 사는 법을 알고 계셨던 것입니다.

내가 어린 시절 아이들에게 맞고 들어오면 나를 더 혼내시고 네가 더 잘해야지 하시면서 오히려 때린 사람을 편들어 주시는 그런 분이셨고, 요즘도 내가 하는 사역에도 내가 억울한 일을 당하거나 하더라도 나한테 더 잘하라고 하시는 분이십니다. 이런 엄마의 신앙 때문에 내가 목사가 된 것 같습니다. 교회를 다니지 않으셨더라도 삶은 신앙의 모범을 보이시는 분이십니다. 항상 바르게 살라고 하시는 엄마 때문에 너무 힘든 일도 많았습니다. 항상 내가 먼저 잘못했다고 하시는 엄마의 모습 때문에 내가 다른 사람들에게 할 얘기도 잘 못하고 손해를 본적도 많았습니다. 너무 간섭하시는 엄마의 모습 때문에 힘들어 하며 싸우기도 많이 싸웠습니다. 항상 잘하라고 하시는 엄마는 나에게 넘어야 할 산이었습니다. 존경하고 좋아하지만 만나기만 하면 싸웠기 때문에 도망치고 싶었습니다. 이런 일 때문에 기도도 많이 해봤습니다. 내가 그렇게 날카롭거나 성격이 까칠한 편은 아니었기에 더욱 이상하게 생각도 하며 노력도 하며 만나면 무조건 안아주자 라고 생각하며 그렇게 해보았습니다. 그렇게 하니까 어느 정도 좋아지긴 했습니다.

우리 엄마의 신앙이 내가 성장하는데 그리고 성격을 형성하는데 많은 영향을 끼친 것 같습니다. 엄마의 신앙은 나누며 살고 내가 조금 힘들더라도 희생하며 살라는 헌신의 말씀이었습니다. 그렇게 하기 위하여 더 부지런하여야 하며 남이 잘되는 것이 내가 잘되는 것이다. 라는 진리를 깨닫게 해주셨습니다. 그랬기 때문에 손해도 많이 보고 성격도 좋았기 때문에 억울한 일도 많이 당하며 욕심도 부릴 줄 모르고 살아왔습니다. 하지만 엄마의 기도와 정신 때문에 하나님께서 나의 사역을 도와주셨던 같습니다. 항상 선한 일을 계획하고 이웃과 더불어 사는 법을 가르쳐주신 사랑하는 엄마는 지금까지 지역과 또 우리 행복공동체를 섬기며 기도의 삶을 모범적으로 보여주십니다.

둥지교회 이야기

신학교 졸업을 앞두고 고민이 생겼습니다. 나보다도 더 어린 신학생들이 전도사로 가고 어떤 사람들은 개척을 하기도 했습니다. 나는 갈 곳이 없었습니다. 어느 교회도 장애인인 나를 받아주는 교회가 없었고 그저 대형 교회에서 협동 전도사밖에는 써주는 곳이 없었습니다. 우연히 알게 된 대전 대덕구 신탄진의 둥지교회가 있었습니다. 그곳에 담임 목회자는 이권능 전도사님이셨는데 나중에 바로 목사 안수를 받으셨습니다. 그곳에서 전도사로 사역하게 되었습니다. 그 교회는 목사님 형제들과 그 지역에서 전도된 사람들 그리고 목사님이 예전부터 알고 계셨던 분들이 다녔습니다.

목사님 자체가 목회활동을 열정적으로 하는 교회였습니다. 수요일에는 약수터에서 물을 떠다가 교인들과 그 지역 주민들에게 나누어 주는 사역을 했고 밤이면 트럭을 타고 다니면서 폐지를 주워서 팔았습니다. 밤에 골목골목을 누비며 박스 같은 것을 실었습니다. 박스가 나타나면 재빨리 내려서 박스를 정리해야 하는데 주먹으로 세게 박스 가장자리를 쳐서 테이프가 붙어 있는 곳을 공략하여 테이프를 뜯어내야 합니다. 그다음 그 안에 있는 내용물 들을 제거합니다. 박스를 접어서 트럭에 실어야 합니다. 가장 힘든 것은 박스에 붙어 있는 테이프를 떼기 위하여 주먹으로 때릴 때이고 올려서 실을 때입니다. 그리고 더 힘든 것은 졸려서 눈이 감길 때입니다. 그럴 때면 목사님 혼자서 그 일을 감당해야 했습니다. 그리고 주일날에는 예배를 마치고 식사한 다음 산에 가는 것이었습니다. 계족산을 많이 다녔는데 내 차가 계곡 밑으로 굴렀었던 적도 있었습니다. 그때에 주일학교 아이들을 태웠었는데 아이들은 멀쩡했습니다. 내 다리가 빠지지를 않아 지나가던 사람이 119를 불러 온 계곡이 떠나가도록 사이렌 소리를 울리며 소방차들이 10대 이상 출동하였는데 나도 다행히 다치지는 않았습니다.

만나는 사람들이 좋았고 목회도 재밌었습니다. 장애인 택시가 없을 시절에 대전의 장애인들을 위하여 장애인 이동 봉사를 했습니다. 그곳에서 만난 사람들도 너무나 좋은 사람들이었습니다. 목회하는 지역이 신탄진이라는 곳입니다. 못사는 사람들도 많았고 다방이나 유흥업에 종사하는 여성들도 많이 있었습니다. 우리가 전도한 할머니는 나를 무지 좋아해서 가끔가다 밥을 해주셨는데 보리밥에 콩나물을 넣은 비빔밥입니다. 한 바가지를 줘서 배가 불러도 먹어야 했습니다. 너무나 많이 먹어서 머리가 아플 정도였습니다. 그 할머니는 정이 많으신 분이라 많이 먹기를 원하셨고 나는 배가 불러도 먹어야 했습니다. 행복은 이런 데서 오는 것이였습니다.

자취를 했었는데 조그마한 방이 여러 개 붙어 있는 그런 집이었고 주위에는 유흥업소에 다니는 아줌마나 아가씨들뿐이었습니다. 그들과 더불어 또한 목회를 했습니다. 또 어떤 아가씨들은 캄캄한 밤에 찾아와서 술 좀 같이 먹자고 합니다. 그러면 그 아가씨들 술 먹는 곳에 가서 이야기도 들어 주고 그분들의 인생에 여러 가지로 개입을 하곤 했습니다. 또 내가 알던 교회 자매가 있었는데 밤에 전화를 했습니다. 자기가 임신을 했는데 나보고 도와 달라고 합니다. 그래서 밤에 그 아가씨가 있는 곳에 가서 우는 것을 달래고 산부인과에 같이 간 적도 있습니다. 어느 날은 목사님이 송강(대전 유성의 지역 이름)쪽에 건설 현장이 있는데 그곳에 함바집에서 개를 기르라는 명령이 떨어졌습니다. 나는 어린 시절에 개에 대한 안 좋은 추억이 있기 때문에 개는 기르기 어렵다고 말을 하니까 이것도 못하면 어떻게 목회를 하겠냐고 하면서 예수님이 걸어가신 길을 생각해보라고 이야기하면서 개를 길러 보라고 했습니다. 그곳에서 살면서 밥만 주면 된다고 했습니다. 후로 그 쪽

사정상 개를 기르는 일은 하지 않게 되었습니다.

장애인 가정이 전도되어 교회에 나온 적이 있었는데 남자분은 지적장애고 나이가 조금 있었고, 여자분은 지체장애가 있었고 어린 꼬마 여아가 있었습니다. 남자분은 일용근로를 하며 여자분이 가정을 이끌고 있었는데 집에 없어도 되는 가전재품 등을 사들이는 등 돈을 버는 것보다 쓰는 것이 더 많았고, 모든 물건을 외상으로 사들이는 것이었습니다. 목사님은 나한테 그분의 집을 도와주라고 하셨고, 그 집에 들어가서 살게 되었습니다. 내가 처음에 한 일은 여자분의 씀씀이를 챙기는 일이었습니다. 외상으로 산 물건들을 일일이 매장을 찾아다니며 장애인들이 모르고 구입을 했으니 해결하는 일이었습니다. 주인을 만나서 설득도 하고, 중고는 싼 값에 넘기고, 쓰지 않은 물건들은 도로 가져가라고 하고 돈을 주지 않는 걸로 하기도 하는 등 정말 쉬운 일은 아니었습니다. 남자분이 일찍 일하러 가야 했기에 새벽에 인력 시장에 가는 것을 도와주었습니다. 새벽에 내가 차를 태워 같이 가서 일 나가는 것까지 보고 왔고, 일을 못 찾거나 비가 오는 날에는 일이 없어서 그냥 오는 날도 있었습니다. 집은 20평 정도 되는 아파트였고 너저분한 빨래들이 뒹굴며 있었고, 등을 잘 갈지 못하여 집안 전체가 어둑해 있었습니다. 이 가정을 변화시키는 것은 쉬운 일이 아니었습니다. 여자분은 침을 흘리며 말을 하고, 남편을 때리기도 하고 야한 비디오를 함께 보는 등 아이 교육에도 안 좋은 환경이었습니다. 항상 이 가족은 셋이서 붙어 다녔고, 남자분이 매일 일이 있는 것이 아니었기 때문에 장날이나 사람들이 많이 모이는 곳이면 어김없이 어슬렁거리며 나타났습니다. 이집에서 사는 것은 쉬운 일이 아니었고, 이렇게 둥지교회에서의 삼 년 목회는 흘러갔고 모든 것이 하나님 은혜의 연속이었습니다.

장애인 공동체의 발걸음

내가 장애인 공동체를 처음 알게 된 것은 밀알선교단에서 1992년에 공동생활가정인 대전 밀알의집을 만들면서입니다. 내가 가르치던 중고등 학생들과 함께 방문하여 봉사도 하며 재미있게 놀기도 했습니다. 신학교를 대전에서 다녀야 했기 때문에 장애인 공동체에서 3학년부터 졸업하기까지 그들과 함께 생활을 했습니다. 대전에서는 처음으로 시작하는 영어로는 그룹홈으로 불리는 장애인 공동생활가정이 생겨난 것입니다. 그곳에서 3년가량을 생활 했습니다. 처음에는 유성구 구암동 가정 주택을 빌려서 살았는데 겨울이면 화장실에 물이 얼고 잘 막혀서 똥을 손으로 부셔서 내린 적도 많았습니다. 학교를 다녀오면 나를 위하여 준비해둔 감자가 있었습니다. 냉장고에서 차갑게 식어 있는 감자를 먹을 때 참으로 서럽기도 하고 내가 왜 여기 와서 이렇게 살아야 하나 생각도 하면서 장애인들을 돌보며 살았습니다. 내가 어떻게 보면 대전에서 서선석 전도사님 다음으로 공동생활가정의 오랜 역사를 가지고 있습니다.

공동체는 구암동 시대를 접고 둔산동의 아파트에서 생활을 했는데 여러 가지 안 좋은 점도 있었습니다. 주민들의 반대가 우리 장애인들의 삶을 어렵게 하기도 했습니다. 그렇다고 우리가 포기할 사람들이 아니었습니다. 지역과 더불어 생활을 하였고, 아파트에 있던 빵집 사장님은 빵을 주셨고, 에어로빅을 하는 선생님은 함께 운동을 하며 지역의 품으로 들어가곤 하였습니다. 빵집은 호산나 제과점이었는데 내가 금산에 있을 때까지 도와주셨습니다. 빵집을 운영했던 사장님 부부는 마음씨가 고와서 장애인들이 들리기라도 하면 반갑게 맞아주셨습니다. 나중에 그 사장인 아저씨는 목사님이 되셔서 이웃을 섬기는 분이 되셨습니다.

처음에 공동생활가정은 지체장애인들이 입주하여 자립생활을 배우는 목적도 있었습니다. 나도 마찬 가지로 신학교생활을 하면서 그곳에 있는 장애인들을 도우며 서로 배우기도 하며 즐겁게 생활을 했습니다. 그때 나와 함께 살았던 분들이 지금도 아파트에서 자립을 하여 사시는 장애인들이 많이 있습니다. 두 분이 계신데 한 분은 여자분으로서 대전에서 여성활동도 많이 하며 스스로 아름답게 살아가는 박진희 님이 계십니다. 그분은 뇌병변장애가 있으신데 웃으면서 긍정적으로 마인드를 가지고 누구를 만나든지 자기를 좋아하게 하는 매력이 있습니다. 그래서 내가 남자를 잘 꼬신다고 약을 올린 적도 있습니다.

또 한 분은 남자분이신데 뇌병변장애를 가지고 멋진 여성과 결혼을 하신 분이십니다. 좋아하는 여성의 어머니께 편지를 써서 감동을 얻어낸 멋진 남자입니다. 걷지도 못하고 움직이지도 잘 못하시지만 코로 키보드를 연습하여 많은 사람에게 은혜를 끼치고 있습니다. 그분은 엄일섭 씨로 우리나라는 물론 세계를 돌아다니며 코로 키보드를 연주하여 별명이 코보드이기도 합니다. 이런 분들과 처음에는 생활을 했습니다. 공동체에는 여러 사람들이 오기도 하여 머물렀습니다. 가정에서 생활이 어려운 여고생들도 가끔가다가 왔었는데 장애인들이 열심히 살아가는 모습을 보기도 하고 자원봉사를 하면서 마음에 힘을 얻어 열심히 공부하여 대학에 들어가 자기도 장애인들을 돕겠다고 나선 사람들도 있습니다. 그중에 한 명이 권송미 님으로 내가 신탄진에서 목회하던 시절 중학생으로 만나서 친분을 이어오고 있던 지금은 장애인 공동체를 2개나 운영하며 세상 사람들에게 힘과 용기를 주기도 합니다. 나에게 공동생활가정이란 또 다른 도전이자 꿈을 이루는 아름다운 도구였다고 생각합니다. 밀알의집을 이끌어 가시고 열정과 끼로 똘똘 뭉치고 많은 사람들을 만나게 해주신 고영구 님이십니다. 만나는 사람마다 장애인들을 사랑하는 법을 알게 하고 항상 사람들에게 꿈을 꾸게 하셨던 분이셨습니다. 밀알의집에서 생활하면서 군대 가서 장애인이 되신 그분은 몸을 움직이지 못하셨기 때문에 여러 모양으로 섬기며 사랑을 나누었습니다.

문화사역의 시작

내가 문학에 관심을 두었던 것은 고등학교 때부터입니다. 하지만 관심만 있었지 실행에 옮기지 못했습니다. 대전 월평동 주공아파트에서 살면서 밀알 선교단 사역을 하고 있을 때 자연스럽게 글 쓰는 장애인들을 만났고 나는 그 전에 방송통신대학교에 있는 수레바퀴 문학동인회에서 글을 배우며 활동하고 있었습니다. 글 쓰는 장애인들을 만났을 때에 그분들의 얼굴에 활기가 가득 차서 열정이 생겨났습니다. 월평동 주공아파트 일곱 평짜리 집에 여러 장애인들이 모였습니다. 마음으로 하나 되어 세상에 아름다운 향기를 발하자는 취지에 모임이었습니다. 예수님께 옥합을 깨서 드린 마리아처럼 우리도 세상에 아름다운 글을 써서 우리에 생각을 펼치자 라는 뜻으로 옥합문학동인회라는 이름이 탄생되었습니다.

금산 밀알의 집에서 사역하면서도 대전에 장애인들과 공부를 하며 그들을 이끌었습니다. 공주에 있는 장애인들까지도 봉고차로 모시면서 대전에서 모임을 만들어 갔습니다. 금산에서 생활은 했지만 대전에 있는 장애인들과 함께 글을 배우고 시인들을 초청하여 강의도 듣곤 했습니다. 그분들의 시를 모아서 시집을 발간하였는데 그것이 옥합문학입니다. 대전에 있는 장애인들을 금산으로 초대하고 여러 지인들의 힘을 모아 책을 발간했습니다. 금산에 있는 인쇄소 사장님이 도와주셨고 내가 아는 후원자들을 모집하여 책을 발간하여 출판기념식도 하였습니다.

내가 대전에 온 이후로 중단되었으나 밀알복지관에서 자조모임으로 옥합문학동인회는 유지되었고 그분들의 글을 행복문학이라는 제목으로 다시 탄생하게 되었습니다. 지금은 밀알복지관에서 모임이 유지되어 오고 있는 것은 큰 기쁨이고, 때문에 우리 행복문학동인회도 다시 그 뜻을 이어 행복한 작은도서관에서 모임을 진행하고 있습니다. 행복문학은 12집까지 발간하였고 나의 문화사역은 15년 이상을 하면서 장애인 문인들의 발전을 위하여 노력하였습니다. 지금까지 사역보다 더 나은 발전을 위하여 한남대학교 문예창작학과 박사과정을 수료하였습니다.

장애인을 위한 문화사역은 한국행복한재단에서도 중심되는 사역입니다. 이렇게 두 팔로 그리고 두 발로 뛰어서 장애인 문학을 위하여 지금까지 노력하고 있습니다. 행복나눔 글쓰기공모전도

십년째 해오고 있으며 장애인 문학 프로그램을 비영리 민간단체 보조금을 받으며 자부담은 거의 내 주머니에서 나갔지만 지금까지 열정을 가지고 할 수 있었습니다.

금산에서는 문인협회 활동을 열정적으로 하면서 자연에 대한 아름다움과 혼자서 외로운 마음을 글로 담아 시집을 발간하였는데 그것이 누드 언어입니다. 금산에서 대전을 오가며 장애인들을 가르치던 중 소설가이며 침례교회 목사이신 이창훈 교수님을 만났습니다. 그분은 장애인 문인들을 보면서 무척 흡족해 하셨습니다. 비장애인도 아닌 장애인들이 글을 쓴다는 것을 무척 높이 평가하셨습니다.

이창훈 목사님은 내 글을 모아서 시집을 발간하기까지 여러모로 도움을 주셨습니다. 금산에서 장애인 사역을 할 때 눈물도 많이 흘리며 외로운 사역을 하는데 시를 쓰는 것으로 낙을 삼았습니다. 산과 들을 누비며 외로움에 눈물을 뿌리면서 고독을 노래했고, 고독한 삶을 음유하며 즐거운 낭만으로 불사르며 봄이면 들꽃으로 여름이면 찔레꽃으로 가을이면 구절초로 겨울이면 눈꽃으로 아름다움을 노래해야 했습니다.

나는 장애인 문인들을 도우며 그분들이 글을 쓰도록 유도했는데 그중에 빛나는 사람은 유현진 시인과 장명훈 시인입니다. 유현진 시인은 뇌병변장애인으로서 전신을 바로 쓰지 못하며 휠체어에 자신을 맡겨야 할 정도로 장애가 심했습니다. 장애의 아픔을 솔직하게 글로 소화하여 아름다운 그림을 색칠하는 시인입니다. 겨울이 되면 강직이 심하게 옵니다. 온몸을 굳게 만들고 고통이 옥죄어 오며 조그마한 방이나 샤워실에서 차가운 물방울 소리까지 친구로 삼을 줄 아는 고통을 승화시키는 아름다운 여인입니다.

장명훈 시인은 열정이 가득한 사랑이 넘치는 세상에 모든 여인들을 사랑하는 넉넉한 마음을 가졌습니다. 항상 나에게 글을 써서 손에 들고 밝게 웃으며 다가옵니다. 그러한 마음이 장명훈 시인을 만들었습니다. 그러한 글들을 모아서 아름다운 시집을 발간하게 되었습니다. 장애인 모임에서도 문학을 가르치거나 문화부장으로 일을 하기도 합니다. 우리의 장명훈 시인은 내가 키운 제자 중에서 가장 시를 사랑하는 사람이 되었습니다.

그리고 한 분은 김익선 시인입니다. 키는 작지만 목소리가 우렁찼고 나에 대한 신뢰가 가득 차 있는 분이십니다. 술을 좋아하여 술에 취해서 나에게 전화를 하곤 했는데 힘들게 하는 부분이 많았습니다. 금전적으로 도와달라는 내용이었습니다. 뜻한 바가 많아 전문대학 사회복지학과까지 다녔는데 갑자기 심장마비로 세상을 떠났습니다. 하지만 그분의 문학사랑만큼은 대단했습니다. 계절이 바뀌거나 명절이 오면 꼭 나에게 선물을 했고 분에 넘치는 사랑을 주신 분입니다.

또 한 분은 박금중 목사님이십니다. 그분은 연세가 많으시지만 글에 대한 열정 또한 크신 분이십니다. 우리 모임에 한 번도 빠지지 않고 꼭 시를 써 오시고 성실한 분이십니다. 옛날에는 미술가로 만화가로 활동을 하셨던 분이셨고 나를 통해서 시집을 발간하게 되셨습니다. 연세는 드셨지만 가슴속에 사랑을 피워서 아름답게 고백을 한 어르신입니다. 그는 수로부인에게 바위 위에서 꽃을 꺾어 바친 이름 없는 노인처럼 시로 사랑을 성취한 분이십니다. 나에게는 여러 장애인 문인들이 있어 내가 살아가는 이유가 되고 앞으로도 이분들과 함께 삶을 나눌 것입니다.

그밖에 지금까지 나와 함께 공부하는 문인들이 많이 있습니다. 나와는 금산에서부터 문학을 함께 공부한 강은주 시인. 요즘 글 쓰는 재미를 알아가는 오지훈 시인 그리고 뇌병변 장애를 가져 집 안에서 글 쓰는 사람을 밖으로 나오게 한 복선숙 시인 등 지금도 많은 사람들이 나로 인하여 글을 쓰기 시작한 사람들이 많으며 이분들 또한 열심히 노력하여 각종 글쓰기 대회에서 우수한 성적을 거두고 있습니다.

바보 같은 사역 이야기

금산에서는 고영구 목사님이 떠나시고 최성은 목사님께서 맡아서 조금 사역하다가 다른 지역으로 갔기 때문에 내가 금산장애인공동체를 맡아서 일하게 되었습니다. 금산이라는 곳은 물 맑고 산이 좋은 내 고향 영동처럼 자연이 좋았습니다. 하지만 나 혼자 홀로 어느 누구와도 대화할 수 없었고, 그랬을 때 눈물 흘리면서 하나님과 만났습니다. 하나님께 원망하며 왜 나를 여기다 보내주셨냐고 나를 왜 이렇게 고통을 당하게 하냐고 기도하며 살았습니다. 정말 미친 듯이 산을 돌아다녔고 비포장길을 차를 몰아 먼지를 날리며 아무 생각 없이 그 순간을 탈피하려 했지만 항상 나의 주의에는 아름다운 자연밖에는 말을 걸어 주는 사람이 없었습니다. 봄이면 꽃이 피고 이름 모를 들꽃 복사꽃 그리고 벚꽃이 산에 들에 피었습니다. 또 우리 주위에는 찔레꽃이 많았습니다. 오뉴월이 되면 찔레꽃이 피었고 우리 공동체 주변에는 산딸기가 올라왔습니다. 가을이 되면 들국화 그런 것들이 피었습니다. 내 마음을 살찌우게 했고 또 내 감성을 자극하여 시가 나왔습니다.

우리 공동체의 가족들과 함께 일도 하고 봄이면 고구마도 심어서 먹었습니다. 텃밭에 풀을 뽑아내고 거기에다 고구마, 상추, 쑥갓, 고추, 가지 이런 것을 심어서 함께 뜯어 먹으며 살았습니다. 주위에는 좋은 사람들이 많았습니다. 우리를 많이 도와주시는 주유소 형제들 그 삼 형제들은 지역을 섬기며 아름답게 자기 자신을 가꿀 줄 아는 사람들이었습니다. 우리는 주유소에 놀러가기도 하고 밥도 먹고 큰형님께서는 한 달에 한 번 금산지역의 장애인들을 모아서 점심식사도 함께하고 즐거운 시간을 가졌습니다. 그리고 금산문인협회 사람들과 어울렸습니다. 시를 이야기하고 또 나에게 시집을 함께 만들면서 좋은 추억도 만들었습니다. 그때 나온 시들을 모아서 나에게 시집인 『누드언어』를 펴내기도 했습니다. 그리고 서대산 근처에서 시화전도 하면서 아름다운 들꽃에 시를 수놓고 지역 사회와 함께 공동체를 만드는 일을 했습니다.

우리 공동체가 대전에 본부가 있었기 때문에 일주일에 2~3번은 대전에 가야만 했습니다. 내가 숫자를 잘 이해하지 못했기 때문에 회계가 제일 어려웠습니다. 나를 도와주는 두오균 전도사님과 같이 일을 하며 더욱더 노력을 많이 했습니다. 혼자서 그 큰집을 돌보며 대전에 왕래하며 업무를 봐야 했기에 어려움도 많이 있었습니다. 대전에서 일을 하다가 우리 가족들끼리 싸웠다고 연락이 오면 불이 나게 달려와 문제를 해결하고, 그럴 때면 내가 조그만 늦게 왔었어도 경찰이 먼저 와서 우리 공동체를 어렵게 할 뻔도 했습니다. 나 혼자 일을 했기 때문에 밤을 세워가며 컴퓨터 엑셀을 보면서 숫자 하나하나를 맞춰가며 업무를 봤습니다. 나를 도와주는 사람은 아무도 없었고 나의 외로움을 달래줄 사람도 없었습니다. 가끔가다가 친구 목사님들이 놀러 와서 나의 외로움을 달래주곤 했습니다.

우리 공동체는 장애인들이 6~8명가량 있었습니다. 여자 아이가 하나 있었는데 내가 생리대를 갈아줄 때는 정말 힘들었습니다. 내가 연약한 부분을 닦아 주고 살펴주고 해야 했기 때문에 남자로서 눈물이 난 적도 많이 있었습니다. 그래서 그 친구를 다른 시설로 가게 되었습니다.

어떤 친구는 처음에 올 때 엄마가 모든 것을 다 해주었기 때문에 아무것도 할 수 없었고 어렸을 때 아빠에게 엄하게 말을 배웠기 때문에 말을 하려면 눈물이 글썽거렸습니다. 나는 이런 친구들을 마음으로 인정하며 치유하며 10~15년 그렇게 돌보았습니다. 대전에서도 함께 있었는데 그의 부모님의 사정을 많이 봐 주면서 여러 가지 도움을 주었습니다. 하지만 조그만 실수가 있거나 우리 가족들에게 소홀한 일이 있으면 나와 아내에게 화살이 돌아왔습니다. 내가 큰 이익이나 보는 것처럼 돈을 밝히는 악덕

원장으로 몰아갑니다. 내가 정말 희생하고 그런 것은 몰라주고, 호통 치며 따지고 들며 우리에게 우리를 어렵게 만들었습니다. 결국에는 우리를 욕하고 어렵게 했기 때문에 헤어지게 되었습니다. 이렇게 떠나보낼 때마다 절망은 이루 말할 수 없습니다. 싫으면 조용히 여기가 싫어졌기 때문에 나간다고 하면 되는데 구청에다 신고해서 일을 못하게 한다 하면서 아주 뒤집어놓고 나가니까 문제입니다. 한 친구는 대전에 있을 때 만난 친구입니다. 자폐가 있는데 항상 소리를 지르며 펄쩍 뛰면 몸집이 아주 컸기 때문에 아주 무서웠습니다. 길을 가다가 갑자기 오줌이 마려우면 사람들이 지나가더라도 아무 데서나 오줌을 누었습니다. 많은 사람이 있는 곳에 가면 소리를 지르고 또 난동을 부렸습니다. 그 친구와는 오래 있지는 않았지만 그래도 나와 소통하며 자기의 소리 지르는 것을 미안해하고 했습니다. 그리고 어머니는 그를 계속해서 다른 시설로 보냈습니다.

또 한 명은 금산에 있을 때부터 있었던 친구입니다. 처음에는 균형감각을 느끼는 귀가 잘못되어서 잘 넘어지고 쓰러지고 바닥을 꽝꽝 때리고 벽을 쳐서 벽이 무너지는 경우도 있었습니다. 그래서 나는 여러 가지 시도 끝에 벽을 때리지 말고 손바닥으로 바닥을 꾹 눌러보라고 했습니다. 어느 정도 그것이 도움이 되었습니다. 다음부터는 그러한 행동을 조금씩 하지 않게 되었습니다. 내가 장애인이었기 때문에 장애인에게 강하게 가르칠 수 있었습니다. 강하게 훈련도 했습니다. 10년 이상 15년이 되면서 아주 자기도 모르게 건강하게 되었습니다. 그런데 장애인들의 부모님들은 장애인에게 나오는 혜택이나 여러 가지 수급비를 자기들이 이용하는 경우가 많이 있습니다. 그래서 그러한 돈이 아까워서 집으로 데려갔습니다. 그럴 때 나는 마음이 무척 아픕니다. 내가 10년 이상 15년 동안 집안 사정이 어렵다고 하면 돈도 조금씩 받아 가며 먹이고 재워주고 함께 울고 웃으면서 가족이라고 느끼게 해놓고 조그마한 이익 때문에 그것도 뒤도 안 돌아보고 가는 경우가 많이 있었습니다.

또 한 명은 시골에서 노인이 장애인을 데리고 왔습니다. 그 장애인은 다운증후군이었는데 금산에 있을 때부터 함께했고 또 여러 가지 복지혜택을 받게 하여 10년 동안 잘 살게 하였습니다. 하지만 우리에게는 입주금도 주지 않았습니다. 어렵다, 어렵다. 하면서 나날이 입주금도 처음에는 받지 못했습니다. 그렇게 해놓고 나중에 조그마한 목돈을 조금 주면서 그렇게 유세를 떨었습니다. 또 그의 친척들도 우리집에 와서 우리를 괴롭히곤 했습니다. 또 나이가 드시자 우리 옆에 있는 요양병원에서 3년 동안 계셨습니다. 3년 동안 우리가 돌보며 아들 역할을 했습니다. 그리고 더 이상 요양병원에서도 있을 수 없게 되자 시골집으로 간다기에 내가 모셔다 드렸습니다. 그러나 연세가 너무 많아서 시골집에서는 도저히 살 수 없는 상황이었습니다. 그런데도 그의 친척들은 나에게 많은 것들을 요구하면서 할머니에게 도움을 줄 것을 요청했습니다. 그래서 나는 무료 양로원을 알아보고 서류를 만들고 여러 가지를 백방으로 물어보아서 어렵게 양로원에 모셨지만 또 매일매일 전화를 해서 거기가 싫다, 이쪽으로 오고 싶다. 공동체 옆으로 가고 싶다. 그런 말을 하면서 아니면 시골집에 데려다 달라 그런 말을 합니다. 그럴 때면 나는 가슴이 미어지고 그동안 했던 것이 생각이 나서 온몸에 긴장이 되고 가슴이 뛰고 부들부들 떨리면서 우울증과 공황장애까지 오게 되었습니다. 더 이상 내가 이 일을 할 수 있을는지 모릅니다.

그리고 또 한 명의 장애인이 있습니다. 이 친구는 대전과 금산에 있을 때부터 지금까지 알고 있는 친구입니다 그리고 금산에서 공동체에 놓고 왔는데 우연히 만나서 함께 살게 되었습니다. 이 친구는 형수가 기초수급을 받기 위하여 모든 금융을 이 친구의 이름으로 돌려놓았기 때문에 기초수급도 못 받는 상황이었습니다. 그리고 아버지가 폐지를 주워 먹고 살기 때문에 어렵게 살아갑니다. 이렇게 나는 모든 것을 내어주고 모든 것을 양보했지만 지금은 남는 것이 없습니다. 다른 사람들은 크게 욕심 부리는 것도 아니지만 이 정도의 사회복지를 했을 경우 큰 시설이 아니더라도 10~20명은 함께 사는 공동체를 만들었을 것입니다. 나와 함께 사역을 했거나 나보다 더 늦게 시작한 사람들도 그냥 있는 그대로만 성실하게 일한 사역자들은 다 큰 시설을 하고 있습니다. 나는 욕심 없이 이곳에서 일을 했습니다. 어려운 사람들이 오면 돈을 많이 받지 못하면서도 여러 가지 그들의 부모님에게 이익이 가도록 나는 최선을 다했습니다. 그런데 너무 잘해준 것이 병이 되어 내가 조금만 서운하게 하면 나를 힘들게 하곤 했습니다.

현재 우리의 집에는 3명의 장애인밖에 없습니다. 이 장애인들도 언제 부모나 친척들이 자기 마음에 자기 이익에 조금이라도 손해가 된다면 분명히 데리고 갈 것입니다. 나는 이렇게 아무 욕심을 부리지 않으면서 살아왔습니다. 내 아내도 또한 그렇게 살았습니다. 그런데 사람들은 이상합니다. 많은 사람들이 나는 돈을 벌면 안 된다고 생각을 하는 것입니다. 나도 생활을 해야 하고 자녀를 돌봐야 됩니다. 자기들은 큰돈을 쓰면서 내가 그렇게 하면 화내고 욕하고 합니다. 그러나 하나님께서는 꿈을 주십니다. 그런데 현실에서는 어렵습니다. 앞으로 어떻게 될 줄 모릅니다. 또 안 주시면 쉬어가고 주시면 또 걸어가고 그런 인생을 살 것입니다. 나는 내 주변에 선생님들에게도 많은 것을 드렸습니다. 거의 모든 것을 드렸습니다. 하지만 그들은 모릅니다. 조그마한 이익을 따라서 이익이 있는 쪽으로 흘러가고 욕심을 내며 나를 중상모략하며 그렇게 아프게 하곤 떠나갔습니다. 하지만 나는 때가 되면 이룬다는 것을 확신합니다. 어렵고도 힘든 길이지만 목사로서 어떨 때는 목사이기 때문에 다 해야 된다는 것입니다. 주위에서도 "네가 목사니까 다 내놔라" 강도같이 빼앗아갑니다. 나는 5리를 가자는데 20리, 100리까지도 걸어갔습니다. 그러니까 사람들은 그것이 당연한 것처럼 그것을 안 하면 나쁜 놈으로 몰아갑니다. 하지만 나는 계속해서 나의 인생 고난을 통한 고난이 나에게 무엇을 줄 것인지 모르지만 분명히 기적을 만들어 갈 것이라고 확신합니다.

엄마와 아내

우리 엄마는 내가 어린 시절 혼자되셨습니다. 일찍이 아버지를 여의고 열심히 살아가야만 했습니다. 그리고 우리 엄마는 내가 다섯 살 때 나를 작은아버지 집에 두고 엄마는 돈을 벌로 나가셨습니다. 나는 항상 엄마를 그리워하며 살았습니다. 엄마를 만나면 항상 모든 것을 아낌없이 주셨던 분이십니다. 하지만 엄마는 나에게 모든 것을 잘하고 또 부지런하고 공부 열심히 하고 그러는 것을 항상 바라셨습니다. 거기까지 좋았습니다. 어쩌다 집에 들려서 있으면 학교에 온 것 같았습니다. 먹을 것이나 입을 것이나 이런 것은 주었지만 마음 편히 쉴 수 없었습니다. 공부해라 기도해라 하면서 그렇게 다른 사람과 비교를 하면서 누구 아들은 결혼을 했는데 색시가 예쁘고 아들을 낳았다더라 하면서 한시도 편히 있게 놔두질 않았습니다. 엄마는 나에게 한 번도 어린 시절을 이야기하거나 나에 대해서 좋은 평을 해주지 않았습니다. 무조건 잘해라 그런 식이었습니다. 외삼촌이랑 외갓집에서 내가 혼날 때에도 우리 엄마는 내 편이 되어주지 않았습니다. 항상 네가 잘못했고 항상 너는 그러면 안된다 했습니다. 그래서 중학교 고등학교 때는 너무너무 힘들었습니다. 그때가 사춘기였는데 엄마의 이야기는 법이었고 엄마의 말씀을 어기는 것은 죽음이었습니다. 그리고 엄마는 무기가 하나 있었는데 '그래 오늘 너 죽고 나 죽자' 그게 우리 엄마의 무기였습니다. 만약에 내가 사춘기 시절에 더욱더 반항을 하거나 그랬다면 지금의 관계가 더 좋았을 수도 있습니다. 나는 엄마가 불쌍했기 때문에 나의 감정이나 나의 욕구 같은 것은 내비칠 수가 없었습니다. 엄마는 항상 나를 모자라거나 아주 나약한 존재로 만들어 버렸습니다. 그리고 나를 인정해 주는 것이 아니라 사감 선생님처럼 지적만 하는 그런 사람이었습니다.

내가 어린 시절에 그러한 것들을 보면서 아 나는 기독교 집안과 결혼을 하지 말자 아니면, 그냥 일반 성도나 그런 가정의 집안의 사람과 결혼을 하자 장로 집안이나 목사 집안은 결혼을 하지 말자 왜 그러냐 하면 우리 집안이 아주 옛날부터 기독교 집안이었고 5대째 기독교 집안입니다. 나는 기독교 집안이라 그런 줄 알았습니다. 너무 바르고 너무 뛰어넘을 수 없는 그런 것이 있었습니다. 그리고 우리 집안은 다들 잘난 사람들입니다. 외가 쪽으로는 다 공부도 열심히했고 모두가 안정적이었고 모두가 그런 사람들이었습니다. 소위 내로라하는 집안입니다.

그런데 나에게는 자유라는 것들이 많이 있습니다. 끼가 남다르게 있었고 웃음과 유머가 있었는데 엄마는 그러한 것들을 인정하지 않았습니다. 나도 유머도 있고 괜찮은 사람이었는데 이상하게 집에만 가면 내가 힘들어졌습니다. 오죽하면 통성기도도 하고 금식도 하고 하면서도 그리고 교회에 가서도 내 자신이 너무너무 부끄러워서 엄마와의 관계가 회복되게 되어달라고 기도도 많이 했습니다. 하지만 기도로 되는 것은 아니었습니다. 노력도 해보았습니다. 엄마를 안아주고 "사랑합니다." 이야기도 해보고 그러한 것들은 그때뿐이었습니다. 우리 엄마는 남들에게 무조건 네가 잘해라 이런 식이었습니다. 물론 나는 나가면 사람들에게 너무너무 잘합니다. 너무나 잘하다 보니까 내가 없어졌습니다. 만약에 내가 힘이 있고, 장애인이 아니고 능력이 많았다면, 내가 내어주고 나누어주고 그렇게 했을 때, 사람들이 나를 더 존경을 했을 것입니다. 하지만 나는 장애인이고 능력이 없고 힘이 없고 그런 사람입니다. 그런데 너무너무 잘해주니까 사람들이 그것은 당연한 것이라고 생각했습니다. 내가 밖에서 상처받고 엄마한테 이야기하면 나는 우리 엄마라면 같이 욕을 해주기를 바랍니다. 하지만 우리 엄마는 아예 말씀은 똑같습니다. "네가 잘해라 그래야 네가 사랑받는다." 예 맞습니다. 줄 때는 다들 좋아합니다. 그런데 나도 힘들고 어렵고 더 이상 줄 것이 없어 그래서 내 살을 주고, 내 피가 뚝뚝 떨어지는데도 우리 엄마는 더 강해져라 "더 일어서라, 더 주어라." 그럽니다. 그렇게 하면 엄마와 나는 또 갈등이 일어나는 것입니다. 그런 식으로 우리 엄마와 나는 요즘도 계속해서 갈등을 만들어가고 있습니다. 나는 너무 주어서 나는 없어지고 사라졌는데도 이제 아무것도 없는데도 우리 엄마는 "그렇게 남들에게 주어라 그래야지 네가 인정받는다." 물론 엄마는 그렇게 사셨는지 모르지만 나도 사랑받고 싶었습니다. "엄마의 사랑을 받고 싶어요." 하지만 엄마는 그렇게 강하게 하는 것이 사랑인 것 같습니다.

엄마는 혼자서 나를 키우면서 절대적 헌신을 보여주신 분입니다. 엄마는 요즘도 만나면 "내가 미안하다. 내가 못 해줘서 미안하다." 그렇게 울먹이며 지금도 어린 시절에 경제적으로 못 해주었던 것을 생각하면서 나에게 이야기합니다. 하지만 내가 원하는 것은 그 말이 아니고 물질적인 도움도 중요하지만, 나는 엄마한테 따듯하고 인정받는 말 한마디를 듣고 싶습니다. 그런데 그 말을 안 해줍니다. "다 너를 위해서 그러는 거다." 하면서 내 편이 되어주지 않습니다. 나는 우리 장애인 공동체 가족들 어머니들이 내 아들하면서 눈을 마주 보며 아무것도 모르는 아이들한테도 무슨 말을 하든지 인정하며 미소로 대화를 나누는 모습이 정말 아름다웠습니다. 부모도 나를 인정 안 하는데 밖에서 인정 받기를 바랄 수 없겠죠. 아직도 엄마는 그냥 남의 판단이나 타인이 하는 말에 귀를 기울입니다.

제 아내를 만났을 때도 엄마는 다른 사람들이 이상한 소리를 할까봐 싫어했습니다. 남에게 좋은 소리를 듣고 싶고, 남들이 나쁘게 이야기하는 것이 싫고, 남들에게 내가 인정받으며 살기를 원하셔서 그러는 것 같습니다. 애 딸린 여자이고 나이도 나보다 세 살 많은 것을 아직도 영동 사람들이나 주변 교회나 아는 사람들에게 아직도 이야기를 안 했습니다. 내 아내는 겉으로 볼 때는 즉흥적이고 말도 함부로 하는 어쩌면 우리 엄마가 볼 때는 무식한 여자입니다. 그리고 내 주위 사람들도 나한테 그런 말을 한 적이 많이 있습니다. 그렇습니다. 제 아내는 즉흥적이고 자기 좋은 대로 하고 화날 때 화내고 그런 아주 순수한 여자입니다. 하지만 가장 좋은 점은 나를 있는 그대로 내 편이 되어 준다는 것입니다. 내가 무슨 일을 하던 내가 무슨 말을 하던 일단은 내 편에 서서 나를 도와준다는 것입니다. 때로는 내 아내가 싫을 때도 많고 단점도 많이 있습니다. 가식적이지는 않지만 지식적인 면에서 떨어질 수도 있습니다. 말을 하는 것이나 교양적인 것에서 떨어질 수 있습니다 하지만 서로 생각하고 문제가 터지면 서로 대안을 만들어서 어떻게 하면 서로가 성장할 수 있을까를 꿈을 꾸는 그러한 사람입니다.

나는 갓 결혼했을 때 엄마의 영향으로 시시비비에 대하여 아내에게 냉정하게 한 적이 있습니다. 하지만 그러한 것들이 부부관계에서는 필요하지 않다는 것을 깨달았습니다. 가족관계에서는 누가 잘했고 누가 못 했냐 를 떠나서 일단은 인정하고 서로가 내 편이 되어주어서 서로서로의 성장을 도모한다는 것입니다. 물론 나도 좋은 점이 많지만 우리 아내는 정말 좋은 점이 더 많이 있습니다. 자기 주장을 하면서도, 부부싸움을 하면서도 나를 인정해 주려는 그러한 배려가 보였기 때문입니다. 그래서 나는 아내의 있는 그대로의 모습을 좋아합니다. 문화가 다르고 종교가 다르고 사랑하는 방법이 달라서 싸운 적도 있습니다. 하지만 서로를 인정하며 서로의 행복을 위하여 헌신하고 나만을 위해주는 아내가 있었기 때문에 행복했습니다. 지금도 우리 부부는 엄마의 관계가 사실은 어렵습니다. 그래서 더욱더 노력하고 더욱더 공부를 하고 있습니다. 앞으로는 어떻게 될지는 모르지만 더 노력하는 삶을 통하여 또 우리 엄마와의 관계에서도 더 회복되어지기를 기도하고 있습니다.

엄마는 나를 잘 모르지만 그리고 엄마가 나를 인정해주지 않았지만 어린 시절 하나님과 그리고 작은집 식구들과 사촌들이 있었기 때문에 나는 행복한 꿈을 꿀 수 있었고 중학교 때는 멀리 떨어져 서울에서 중학교를 다녔기 때문에 자유로운 영혼이 될 수 있었고, 항상 내 마음속에는 자유를 꿈꾸는 사람이었고 또한 타인에게 너무너무 잘해주고 멋있게 살아온 그러한 사람이 "나"입니다.

너희가 나의 행복이다
말썽을 피우고 골머리를 아프게 하더라도
내세울 것 없이 공부는 하지만
나를 서있게 하기 때문이다

나에게는 당신이 참 행복이다
이쁘거나 머리가 똑똑하지 않아도
겸손하고 지혜로워 생활을 잘하고
마음 하나는 따듯하기 때문이다

오늘이 나의 행복이다
일이 웅장하거나 멋지지는 않지만
당신의 사랑을 따르며 행동하는
제자의 삶이 있기 때문이다

지금이 참 행복하다
행복해야 할 아무 이유도 없지만 참 행복하다

— 박세아 「지금 난 참 행복하다」

행복을 만드는 공동체

사랑하는 공동체 가족들과 만난 것은 나에게 행운이었습니다. 서로가 돕고 자립하는 것을 꿈꾸며 아름다운 가족으로 변해가기 시작했습니다. 처음에 우리 가족들은 공동체성을 느끼지 못했습니다. 우리 가족들은 내 말만 들으려 했습니다. '옆에 있는 사람 좀 도와줘' 하면 도와주지 않았습니다. 왜 그러니 물어보면 옆에 있는 친구들은 목사님이 아니기 때문에 말을 안 듣는다는 것입니다. 그래서 불이 나도 '불 좀 꺼라' 하면 그 이야기를 듣지 않고 그냥 버려두는 것입니다. 위험한 일이 있어도 서로서로 돌보지 않았습니다. 이분들은 종합적인 사고를 못하기 때문에 공동체가 하나 되는 것은 쉽게 되지 않았습니다. 그리고 그들의 아픔과 그들의 여러 가지 삶의 방식들이 서로 다른 것이었기 때문에 자기밖에 몰랐고 또한 지적장애인이었기 때문에 이해하기가 어려웠습니다. 그래서 나의 방식을 내려놓고 그들의 방식으로 내려갔고 그들의 입장에서 함께 이해하려고 무지 노력했습니다. 이들은 또한 많이 기다려주어야 합니다. 이분들의 방식이 있고 이분들의 생각하는 일들이 있습니다. 그렇게 잘 보고서 이용을 하면 이분들과 싸울 일이 없습니다. 내가 금산에 있었고 대전에도 공동체가 있었습니다. 그곳에는 여자 선생님이 많이 바뀌었는데 사람마다 공동체 가족들과 여러 가지 어려움을 가지고 살고 있었습니다. 어느 선생님은 일을 잘하는 친구를 좋아하고 어느 선생님은 말을 잘 알아듣는 사람을 좋아하고 어떤 선생님은 자기를 인정하는 사람을 좋아하고 선생님마다 좋아하는 사람들이 다르고 여러 가지로 선생님들의 성격과 가치관에 따라서 좋아하는 가족들도 다 달랐습니다. 그런 것을 볼 때 나도 깨달았습니다. 아, 이 공동체 가족분들은 각자가 특성이 있고 이분들이 나쁜 행동을 하는 데에는 반드시 이유가 있구나, 그래서 그 부분만 해소해주면 갈등이 없어지겠구나, 라는 생각으로 깨닫기 시작했습니다. 그러한 것들을 보면서 우리 공동체는 하나가 되었고 서로 도와주어야 된다는 그러한 마음을 가지게 되었습니다.

우리 공동체는 자원봉사자들이 많이 왔습니다. 내가 이러한 사역을 하는 이유도 그분들과의 만남 때문이었습니다. 사람들을 만났고 자원봉사자들을 만났고 또 젊은 학생들, 입시생들 모든 사람을 만났습니다. 그래서 나는 그들을 교육하기 시작했습니다. 인간에 대해서 함께 공부를 하고 효에 대해서도 진정한 의미에서 자원봉사란 무엇인가에 대해서 꿈꾸며 함께 생각을 했습니다. 우리집에 온 사람들은 여러 부류였습니다. 대학생도 있었습니다. 대학생들은 우리집에 오면 많은 꿈들을 꾸기 시작했습니다. 그들은 전공을 살려 장애인들에게 봉사하겠다는 친구들 카이스트 다니는 친구들, 서울대 다니는 친구들, 장애인들을 위한 소프트웨어를 만들겠다느니 그런 친구도 있었고 어떤 친구는 자기 직장을 버리고 사회복지를 공부해야겠다는 친구들도 있었습니다. 어느 날은 우리집에 고등학생이 왔습니다. 그 친구는 학교에서 많이 싸웠기 때문에 퇴학을 당하고 대안학교에 왔습니다. 대안학교로 온 그 친구는 또 한 번 싸웠기 때문에 이번에 한 번 더 싸우면 대안학교에서도 퇴학당할 뻔한 친구입니다. 그 친구는 우리집에 와서 열흘 동안 자원봉사를 하게 되었습니다. 그 친구는 자원봉사를 하려고 왔는데 우리의 말도 듣지 않고 아침 일찍 일어나지도 않고 내 말을 들으라고 하면 왜 내가 말을 들어야 하냐고 따지고 질문을 했습니다. 그럭저럭 우리는 그 친구를 돌보며 우리 장애인 가족들이 밥을 해먹이며 여러 가지 프로그램을 하면서 더욱더 좋아지기 시작했습니다. 그 친구가 나가서 학교를 졸업하고 대학교에 들어가고 또 군대도 잘 갔다 오고 그랬다는 소식을 들었습니다. 그때의 나는 우리가 이런 일을 하는 것이구나, 우리는 서로 서로 도와가며 살아가는구나 그렇게 생각했습니다.

우리집에는 그 후에도 장애인을 돕는 자원봉사 학생들이 많이 옵니다. 유성고등학교 학생들은 5년 이상 꾸준히 오고 있으며 지역의 고등학교 학생들이 많이 왔습니다. 그렇게 자원봉사체험을 함께하며 여러 가지 자원봉사의 꿈을 꾸기 시작했습니다. 그리고 자원봉사는 거창한 것이 아니라 작은 것부터 실천하는 것이 자원봉사라고 이야기했습니다. 내가 이야기하는 중에 하나의 예가 손봉호 교수님이 있었습니다. 이분은 서울대 교수였고, 고신대학 석좌교수로서 일도 많이 하였고 장애인을 위한 여러 가지 사역도 많이 했고, 기독교 윤리를 위해 많이 노력했습니다. 그런데 그분은 어느 날 비가 오는 날 터미널을 걷고 있었습니다. 그런데 터미널에서 택시에서 내리는 목발 짚은 장애인을 만났습니다. 택시에 내리자마자 목발에 있는 고무 바킹이 빠졌습니다. 그래서 비가 오기 때문에 안절부절못하고 있기에 그 교수님이 아무 말 없이 고무 바킹을 끼워주고 택시의 문을 닫아주고 그냥 자기 길을 갔다는 것입니다. 만약에 그 교수님이 도와주지 않았다면 그 장애인은 우산을 쓰고 목발을 짚고 고무 바킹을 끼워야 하는 상황이었을 것입니다. 하지만 그 교수님의 배려가 그 장애인이 조금은 소월하게 목적지로 갈 수 있었을 것입니다. 그런데 그 교수님이 고무 바킹을 끼워주고 문을 닫아주고 한 시간이 얼마나 걸렸냐하면 딱 3초밖에 걸리지 않았다는 것입니다. 맞습니다, 3초의 자원봉사 이것이 3초가 기적을 만든다는 그러한 진리입니다. 이러한 이야기를 자원봉사자들에게 이야기하면서 어려운 친구나 학교에서 소외받는 왕따 같은 그러한 친구를 만날 때 따뜻한 말 한마디,

집에서 엄마 아빠에게 따뜻한 말 한마디, 엄마 아빠를 어떻게 하면 도와줄 수 있을까? 쓰레기를 버려준다던지, 작은 것 하나부터 실천하기를 내가 이야기했습니다. 그리고 나는 아이들에게 고난에 대해여 이야기합니다. 지금 너희들이 어려운 일을 겪지 않았기 때문에 인생에 어려움을 잘 모른다 하지만 너희가 앞으로 그 인생을 잘 지키고 고난을 이겨낸다면 아름다운 인생이 너희에게 펼쳐질 것이다. 10후, 20년 후에 나를 찾아와라, 그래서 너희들이 어떻게 변화되었는지 자원봉사가 너희를 어떻게 변화시켰는지 한번 이야기해보자. 그리고 너희들은 나의 실험대상이다. 그렇게 이야기합니다. 그랬습니다. 나는 이곳이 나의 또 다른 학교입니다. 나는 아름다운 꿈을 꾸며 행복을 전파하며 살아가고 있습니다. 행복도 학습되어져야 한다고 합니다. 그래서 행복한 영성과 행복한 사역을 꿈을 꾸고 있습니다. 그것이 바로 꿈의 영성입니다. 행복의 숲 속에 무지개를 띄우겠습니다. 우리 공동체 식구들과 아름다운 하모니를 만들고 지역 사회와 아름다운 역사를 만들고 이야기를 만드는 것이 나의 꿈입니다. 그래서 나는 지금까지 이 사역을 해왔습니다. 나는 열심히 뛰었습니다. 후원금을 받으러 여기저기 다니고 문학제를 만들어서 지역 사회와 이야기했습니다. 그렇게 나는 행복을 꿈꾸며 살았고 진리를 향해 살아왔습니다. 앞으로도 나는 이러한 일들을 더욱더 노력하며 살 것입니다. 더욱더 노력하겠습니다.

세고미 천사는 나의 전부

어느 날 공동체로 실습하러 온다는 분이 있었습니다. 그분을 처음 만났는데 그분의 아이를 데려왔습니다. 그 아이는 초등학교 들어가기 전이었고 어린이집을 다녔습니다. 아이는 분리공포증이 있어서 엄마와 떨어져 있는 것이 어려워 데리고 오는 것 이었습니다. 그분은 같이 아이를 데려와도 되냐고 물었습니다. 나는 된다고 이야기했고 우리집에서 사회복지 실습을 했습니다. 실습생 선생님은 혼자 사는 분이었는데 아이 둘을 혼자서 키우는 상황이었습니다. 실습을 할 때도 어려움이 많이 있었습니다. 이분은 사회생활도 안 해봤고 실습이 무엇인지도 잘 몰랐기 때문에 자원봉사로 이해했던 것 같습니다. 그래서 그렇게 하면 안 된다고 이야기도 하고 시간을 잘 지켜달라고 이야기했습니다. 물론 그분은 직장에 다니면서 저녁에만 실습을 왔기 때문에 어려운 상황이었습니다. 올 때마다 그 아이(아들)을 데려왔고 우리 가족들과 친해졌습니다. 실습이 끝났는 데도 자주 왔습니다. 자원봉사를 한다고 해서 빨래도 해주고 맛있는 것도 해주었습니다. 때로는 그의 집에 초대를 해서 가기도 했습니다. 그렇게 점차적으로 가까워졌고 우리는 서로를 알아가기 시작했습니다.

그럴 때 상희라는 딸이 우리 사이를 알게 되었습니다. 딸은 저항이 심했고 엄마와 많이 다투기 시작했습니다. 나는 실습이 끝나도 공동체에 와서 봉사도 하고 서로의 대화 속에서 마음을 열기 시작했습니다. 처음 만났을 때 마음 한구석이 아팠고 자기가 나와 있으면 도움이 될 것이라고 생각했다고 이야기했습니다. 이렇게 우리는 1년 뒤에 결혼을 하게 되었고 우리 가정은 아내와 우리 아이들 둘로 이루어졌습니다. 결혼하기 전까지도 어려움이 많았습니다. 아내가 전 남편과 사별을 하고 두 아이와 열심히 살아가고 있는 한 부모 가정이었습니다.

우리는 그렇게 결혼을 했고 결혼과정에서 아이들이 제일 걸렸습니다. 우리 딸 상희는 엄마와 갈등이 많았습니다. 우리 딸은 나를 안 받아준 것도 있지만 엄마가 결혼했다는 자체가 싫었었고 그때가 사춘기와 맞물려 정말 어려움이 많았습니다. 그래서 목사님들하고도 상의하고 어떤 목사님은 이런 이야기도 했습니다. "너 그 사람하고 결혼하면 그쪽 아이들 집안에 있는 것까지 가져온다." 이런 말씀도 하시고 결혼이 말처럼 정말 쉬운 것이 아니었습니다. 우리 아이와 매일 싸울 때마다 그런 식의 말을 하고 이렇게 많이 다툼을 했고, 나도 이럴 때마다 그 목사님의 말씀이 생각이 났고 아내도 매일 우리 딸과 싸울 때 "네 아빠를 닮았어." 하며 싸우곤 했습니다. 그럴 때마다 나는 이런 생각을 했습니다. 그것은 아빠를 닮아서라기보다는 엄마를 많이 닮았다고 생각을 했습니다.

아무튼 이런 식으로 싸움은 계속되었고 고등학교 졸업할 때까지 싸운 것 같습니다. 만나는 사모님들과 이야기도 나눴고, 목사님들과 상담을 했는데 많이 경험해본 사람들이 하는 말씀이 그때는 원래 그렇다고 조금 지나면 좋아진다고 그렇게 이야기했습니다. 나는 너무나 심하게 싸우니까 그쪽 집안의 저주가 아이들에게 온 것이 아닌가? 라는 생각을 하며 기도를 하곤 했습니다. 그런데 그것은 절대 아니었습니다. 우리 아이들은 너무나도 우리 아내의 단점을 닮아 있었고 전 남편을 닮았다는 아이들은 아내를 닮았었습니다. 나는 이렇게 아이들과 싸움할 때마다 저주가 대물림하거나 그쪽 집안에 안 좋은 것이 온다는 것은 아니라고 생각을 하게 됩니다. 그래서 우리는 서로 이야기하게 되면서, 기다리면서 가정의 행복을 위해서 기도를 많이 했습니다. 우리는 가족예배를 일주일에 한 번씩 꼭 드렸고 가정에 무슨 일이 있을 때마다 아이들 발달과정에서, 무슨 사고가 있을 때마다 예배를 통해서 우리 가정의 기쁨이 되고 점점 좋아지는 결과로 이어지게 되었습니다. 그리고 행복은 이렇게 희생 속에서 피어나는 꽃이라고 생각했습니다. 우리 가족은 행복공동체 식구들과도 잘 어울리게 되었습니다. 서로를 돌아보며 이야기하게 되었고 우리는 이렇게 행복을 만들어 가는 영성으로 성장하게 되었다는 것입니다.

우리 가족이 문제가 있을 때마다 또 아이들의 성장에 문제가 있을 때마다 기도를 하며 옆 사람들에게 자문을 구했습니다. 내가 아는 사람들은 우리에게 좋은 이야기를 해주었습니다. 엄마를 잃어버린 마음과 그리고 청소년들의 예측할 수 없는 마음들을 기다려줌으로써 그 아이들이 성장한다는 것을 깨닫게 되었고 자연적으로 해결된다고 말씀을 해주셨습니다. 이렇게 기다리고 인내하면 우리 아이들이 서서히 나에게 다가오도록 기도를 했습니다. 저는 많이 힘들었습니다. 아이들이 성장과정에서 나에게 힘들게 할 때마다 아이가 그냥 주어지는 것이 아니구나, 마음으로 낳는다는 것이 이런 것이구나 라는 것을 깨닫게 되었습니다.

우리는 서서히 행복을 향하여 나가게 되었고 나는 온전히 행복을 생각하게 되었습니다. 우리가 사랑하면 하나님이 우리 안에 거해지고 그의 사랑이 우리 안에 온전히 주어진다(요한 1서 4장 12절)고 한 것처럼 나도 우리의 사랑을 기다리며 온전히 이루도록 노력했습니다. 내가 아내와 만났을 때 나는 하나님이 분명히 우리를 연결해 주셨다고 생각을 했습니다. 아내는 나를 보자마자 가슴이 아프고 또 이 남자에게 도움이 되어야겠다고 말을 했고 하나님께서 우리를 연결해 주었다고 확신했습니다. 우리는 하나님의 뜻을 생각하면서 한 가족을 이루었고 아름다운 가정을 성장시키게 되었습니다.

처음에 우리 엄마는 나이도 많고 아이들도 있어서 반대도 하셨지만 급격히 하나님의 도우심과 사랑의 바탕으로 결혼에 성공했습니다. 결혼을 하고서도 어머니는 주위 사람들에게 내가 재혼이라는 말을 하지 않았고 사람들에게 알려지는 것을 싫어했습니다. 우리 어머니는 주위에서 내 아내를 칭찬하는데 아이들이 있다고 하면 우리가 안 좋은 소리를 듣는다는 것입니다. 한마디로 우리 엄마는 주위 사람들이 판단받는 것이 더욱더 중요했습니다. 주위 사람들의 평가와 생각이 우리 엄마를 그렇게 만들었던 것입니다. 나를 키우고 강하게 사신 분이기 때문에 성격도 강하시고 여러 가지 생활적인 면에서 많은 갈등이 있었습니다. 나하고도 성장하는 가운데서도 많은 갈등이 있었고 무슨 일을 할 때마다 주장이 강하였기 때문에 나도 엄청 힘이 들었습니다. 항상 우리에게 강요를 하셨고 여러 가지로 우리를 힘들게 하셨습니다. 때로는 이런 일도 있습니다. 전화를 했을 해서 "네가 그런 여자를 만나서 불쌍하다."고 하면서 울기도 하셨습니다. 내가 몸이 불편한 관계로 나를 어린아이처럼 함부로 하는 경향이 있었습니다. 우리 가족은 어머니에게 가기가 어려웠습니다. 가족들과 여행을 가거나 밥을 먹는 일은 생각할 수가 없었습니다.

아내는 어려운 관계에서도 어머니를 존경하며 위하는 태도를 취하며 계속해서 엄마에게 신뢰를 쌓아갔습니다. 물론 어머니도 나와 아내와 아이들을 사랑하지 않는 것은 아니었습니다. 어머니 자체도 힘들었을 것입니다. 이제는 어머니를 이해하고 존경하는 마음으로 살고 엄마도 우리 가족에게 많이 의지하고 아이들과 이야기도 하면서 좋은 관계를 맺어가기 시작하였습니다. 때로는 우리 아이들과 함께 밥도 먹고 이야기도 나누는 그런 사이가 되었습니다. 나는 지금 우리 엄마와 같이 이야기하고 싶습니다. 그러나 우리 엄마는 나의 아픔에 대해서 전혀 생각하지 않습니다. 물론 나를 사랑하는 마음은 알고 있습니다. 그래서 나는 오늘도 우리 엄마와 함께 잘 살기를 기도하고 있습니다.

아내와 내가 손을 잡고 다닙니다. 내가 걷는 게 힘들고 넘어지기 때문에 손을 잡아 줍니다. 그런데 사람들은 우리 아내를 보면서 "천사다."라고 이야기합니다. 예 맞습니다. 아내는 천사입니다. 내가 공동체를 운영하면서 나에게 달라고 하는 사람에게 많은 것을 주었습니다. 베푸는 사람들에게 가져와서 나눠 주는 삶을 살았습니다. 내 앞에 있는 사람들에게 주었고 나누고 살았습니다. 그런데 아내는 그러지 않았습니다. 오히려 나보다도 나눔을 더욱더 잘하는 그런 사람이었습니다. 나는 아무나 만나는 사람에게 잘해주었기 때문에 너무나도 내 앞에 있는 사람들은 나를 가지고 놀았습니다. "제는 꼭 주는 사람"으로 인식 하면서 당연히 받는 것처럼 군림하기도 했습니다. 그런데 아내는 줘야 될 사람에게 주었습니다. 그리고 아내는 용서하고 나눈다는 뜻의 서(恕)처럼 여자의 마음으로 먹을 것을 나눠주어야 된다고. 아내는 우리를 도와주는 사람을 챙기기도 하고 안 주어도 될 사람을 주지 않고 꼭 주어야 할 사람에게 주는 그러한 사람이었습니다. 아내는 정말 손도 크기에 먹을 것을 해서 이웃들과 나누어 먹고 친구들을 오라고 해서 나누어 먹고 우리를 도와주는 사람들을 초청해서 많은 것을 나누어주었습니다. 그러한 것들은 나보다 잘 했습니다.

사람들은 아내에게 너무나 많은 것을 요구했습니다. 우리 공동체 식구들 보호자들은 너무나 많은 것을 요구해서 아내에게 조금이라도 못하면 공격을 해왔습니다. 사람들은 다 무조건 도와주기를 바랐습니다. 하지만 그것은 잘못된 것이라 생각합니다. 아내는 나와 결혼을 한 것이지 우리 공동체 가족들과 결혼한 것이 아닙니다. 그런데 조그만 잘못이 있으면 죽어라 달려들었습니다. 이유 없이 찔러보는 경우도 있었습니다. 그렇게 잘못한 것도 아닌데 무조건 잘못했다고 하는 경우도 있었습니다. 앞으로는 이런 사람들이 없어질 것입니다. 왜 그러냐 하면 아내는 나보다 더 사랑이 많고 인정이 많고 나보다 더 많은 사람에게 잘해주기 때문입니다. 만약에 결혼을 안 했더라면 내가 아팠을 때 누가 나를 간

호했으며, 아마 엄마가 병간호하다가 다쳤을 수도 있었을 것입니다. 이 사람도 주고 저 사람도 퍼주는 나의 습관 때문에 우리 공동체는 공동체 가족 어머니께서 "나 여기서 살래." 하면 나는 모질지 못해서 여기가 노인 요양원인지 장애인 시설인지 모르는 이상한 시설이 되어 있었을 것입니다. 우리 엄마는 이런 상황이 오더라도 "네가 잘해드려라." 라고 했을 것이고 나는 이러지도 못하고 저러지도 못하는 상황에서 사역도 못하고 접었을 것입니다. 앞으로 하고 싶은 말은 "아내에게 많은 것을 요구하지 마세요. 제 아내는 천사가 아니라 나의 전부입니다."라는 말입니다. 휴대폰에 아내의 이름을 세상에서 최고의 미인이란 뜻으로 "세고미"로 되어 있습니다. 아내가 있었기에 중심을 잡으며 살 수가 있는 것입니다. 다른 사람들은 결혼하고 나서 내가 변했다고 하는 사람도 있을 수 있습니다. 하지만 내가 변한 것이 아니고 나의 자리를 찾았을 뿐이고 당당하게 내 주장을 하는 것뿐입니다. 우리 부부는 서로의 아픔을 보듬으며 성장할 것이며 세상에서 꼭 필요한 존재로 살 것입니다. 사랑에는 두려움이 없고 온전한 사랑이 두려움을 내좇는다(요한1서 4장 18절)고 했듯이 이제는 우리 사랑을 통해서 무엇인가를 이룰 수 있다고 생각을 합니다. 싸우기도 하고 많이 다투기도 하지만 우리의 사랑으로 사역이 커지고 열매가 많이 열리게 되는 그러한 사람이 될 줄 믿습니다.

행복한 영성공동체

우리는 결혼을 하자마자 우리 아이들과 공동체 가족이 하나가 되어서 살기 시작했습니다. 위 아래층으로 살았기에 사실 쉬운 일은 아니었습니다. 우리가 결혼을 하자 주위에서는 많은 기대가 있었습니다. 공동체 가족들의 어머니들은 아내에게 많은 것을 요구하며 모든 부분을 채워주기를 바라고 있었나 봅니다. 아내는 낮에는 일하고 밤에 공동체 가족과 또 우리 아이들을 신경 써야 했습니다. 그러려면 몸이 두 개라도 모자랐습니다. 그러나 어머니들은 공동체 가족들과 아내가 모든 것을 함께하기를 바랐기 때문에 기대에 부응하지 못하면 아주 엄청난 소리를 듣기도 해야만 했습니다. 공동체는 지적장애인으로서 모두가 어려운 사람들입니다. 그래서 그분들에게 받을 입주금도 어렵다고 하면 사정을 봐줄 때가 많았습니다. 아내는 학교에서 장애인 학생들을 돌보는 그런 일을 하고 있었습니다. 직장에서 반찬과 국을 떠다가 장애인 학생들에게 먹이기도 하고 식당이나 그런데 가서 반찬을 얻어 와서 우리집 식구들을 먹여 살리기도 했습니다. 아이들을 양육해야 되는데 여러 가지로 돈이 많이 들어갔습니다. 그래서 처음에는 무지 힘들었습니다. 정말로 노력과 희생으로 만들어져가는 공동체였습니다. 어떤 어머니는 그동안 자기들이 낸 돈을 다 내놓으라고 협박도 했습니다. 그 어머니는 우리 엄마처럼 모시기도 했는데 말입니다. 그리고 우리 공동체에 와서 살기도 했습니다. 여러 가지 어려운 점도 보살펴 드려야 되는 분이셨습니다. 그런데 조그만 실수라도 하면 큰소리를 치고 그 아들까지 와서 자기들에게 잘하라고 협박도 했습니다. 아무튼 순서가 거꾸로 되었습니다.

우리 공동체는 이렇게 섬기며 살아가고 있습니다. 우리의 희생으로 주위 사람을 섬기며 살아가고 있습니다. 행복한 재단에서는 작은 도서관을 열어서 낮에는 지역의 어려운 사람들과 장애인들에게 문화사역을 하고 있습니다. 그것도 우리 하나님께서 도와주셔서 잘 되고 있는 것입니다. 이렇게 나의 삶은 빈들의 마른 풀같이 시든 영혼처럼 살았지만 순간순간 하나님의 힘으로 또다시 일어났습니다.

우리 공동체 가족 중에 한 사람을 이야기해 보겠습니다. 이 친구는 자기 마음에 들지 않는 것이 있거나 스트레스를 받으면 집을 나가는 그런 사람이었습니다. 그날도 집을 나가서 돌아오지 않았습니다. 아무리 주변을 샅샅이 뒤져보았지만 없었습니다. 나와 또 선생님이 도시락을 찾으러 가면서 "어디 가지 말고 여기 있어." 하고 내렸는데 보이지 않는 것이었습니다. 차에 그림자가 보이지도 않았고 문을 여니까 아무도 없었습니다. 사실 도시락을 받고 계산하는데 20초도 안 걸렸습니다. 순식간에 사라진 것입니다. 이 친구는 다운증후군을 가진 성인이었지만 아이처럼 천진난만한 사람입니다. 우리 공동체에는 다운증후군이 많이 있습니다. 아내와 나 그리고 아이들 공동체 가족들 모두가 이렇게 살아갑니다.

이 친구는 원래 잘 웃고 무엇이든지 평화를 만들어가는 성격이었습니다. 때로는 아이 같아서 고집도 세고 자기가 내키지 않는 일은 하지 않으려 하기도 하고, 순식간에 사라져서 도망가는 경우가 많았습니다. 여기저기에서 찾아오느라고 힘이 들었습니다. 조그만 자기 뜻에 맞지 않으면 싫어하고 화를 잘 내었습니다. 방 닦는 일은 책임 있게 잘하고 자원봉사자들과도 잘 어울려 우리집에서 마스코트로 꼭 필요한 존재입니다. 그러나 이렇게 한 번씩 나가면 애를 태우고 속을 태우게 됩니다. 사무실에 선생님하고 유성시내를 헤매기 시작하였습니다. 먼저 세종시 건설이 한창인 대평리쪽으로 가보았습니다. 길을 내느라 산을 깎고 높은 가림막이 세워져 있는 것이 차에서 보면 너무나 무섭게 보였습니다. 몇 달 전에도 비가 오는 날 나가서 대평리 파출소에서 찾아온 적이 있었습니다. 파출소 경찰들이 하는 이야기가 "비가 오는 날 큰 도로에 위험하게 걸어가고 있어서 길 가던 차가 파출소에 데려다 주었어요." 라고 말하며 찾아온 적이 있습니다.

노은에서 조치원 쪽으로 달리다가 세종시 건설현장을 지나서 대평리 파출소로 가보았습니다. 그러나 거기에는 없었습니다. 대평리 파출소 직원들은 나와 우리 가족을 잘 압니다. 경찰관들은 걱정을 하며 나에게 우리 관할에 있는 노은파출소에 신고하라고 말했습니다. 돌아오는 길에 또 하나의 전화를 받았습니다. 대평리 파출소 경찰관이었습니다. 자세하게 신고하도록 알려주었고 또 친절하게 한 번 더 가르쳐주기도 했습니다. 다시 지족역에 가 보았습니다. 옛날에 한번 잃어버렸을 때 대전시 지하철의 협조를 얻어 CCTV를 통해 찾은 적이 있기 때문입니다. 지족역에서 인상착의를 이야기해놓고 수색을 부탁해놓고 노은파출소로 향하였습니다. 나는 노은파출소 가는 것을 꺼려합니다. 거기에 가면 형식적으로 일 처리하는 느낌이 들어서입니다. 저번에도 잃어버려서 갔는데 별로 좋아하지 않았습니다. 형식적으로만 적어놓고 왔었기 때문입니다. "언제 잃어버렸느냐. 하루가 지나야 실종신고가 가능하다." 그러면서 별로 찾으려는 의지가 보이지 않았습니다. 이런 노은파출소를 또 온 것입니다. 역시 아무도 반기지 않았습니다. 그저 바쁜 업무와 지나가는 한 사람의 민원이라는 생각으로 일을 처리하고 있었습니다. 이렇게 도시의 파출소에는 사람에 대한 소중함이 없는 것을 느꼈습니다.

오늘 같은 날이면 나는 커다란 우주 속에서 길을 잃은 우주선이 되어 어디론가 갈 곳이 없어 표류하는 사람이 됩니다. 아무리 길을 찾으려 해도 길을 찾을 수가 없고 지구에 수많은 사람들은 있지만 내 몸 하나 의지할 곳 없는 갈대가 되는 심정입니다 이렇게 삭막하고 어려운 세상을 이어 줄 수 있는 선을 찾고 싶었습니다. 또다시 잃어버린 장소로 갔습니다. 처음부터 동네를 샅샅이 뒤져 찾으려고 했습니다. 그러면서 이 친구의 아버지 집에 전화를 했습니다. 원래 아버지를 좋아합니다. 왜 그런지는 모르지만 엄마보다 아버지를 더 좋아하는 편입니다. 예전에도 얘가 없어졌을 때 아버지한테서 전화가 오곤 했습니다. 이 친구는 집에 가서 사람이 없으면 동네 미장원에 가서 머리 깎고 오고 식당가서 밥도 먹고 왔었습니다. 이렇게 집에다 전화를 해놓는 것이 좋을 것 같아 전화를 해놓는 것입니다. 골목골목을 돌아보았지만 아무도 보이지 않았습니다.

이럴 때가 제일 난감합니다. 나의 속은 타들어 가고 그렇지만 겉으로는 어디서 나오겠지 하는 표정을 합니다. 선생님들이나 아내는 어쩔 줄 몰라 합니다 금방이라도 어떻게 될 것만 같이 걱정을 합니다. 나도 어디 가서 사고는 안 당했나 하는 마음입니다. 더 이상 찾을 수가 없어서 집으로 가서 기다리기로 했습니다. 예전에도 아는 교회에서 찾아서 온 적이 있기 때문입니다. 그때도 그 교회 성도님께서 데려다준 적이 있습니다. 그래서 나는 아무 연락도 못하고 행복을 전해줄 우리 친구의 소식을 기다렸습니다. 내가 얼마나 가슴을 졸이는지 아무도 모를 것입니다. 오만가지 상상을 다하며 내 속의 여러 가지 마음이 왔다 갔다 합니다. 일 분이 한 시간 같이 느껴집니다. 집에 있는 사람들의 얼굴을 보며 태연한 척 연기를 합니다. 나까지 불안해보일 필요는 없을 것 같아서 입니다. 이렇게 시간은 계속 흘렀습니다. 아는 휴대폰에 번호가 떴습니다. "아, 여보세요. 이 친구를 길을 가다 보았습니다." 현충원역을 지나가는 밀알선교단 여광조 목사님과 간사들이 우리 친구를 발견하고 전화를 한 것입니다. 아침부터 지금까지 찾았지만 어떻게 거기에서 나왔을까, 어떻게 거기까지 갔을까 하면서 우리가 계속 찾은 곳이었는데 오늘은 멀리 가지도 않고 그 동네를 헤맨 것 같았습니다. 우리 아파트까지 데려다 주었습니다. 마중을 나갔는데 차에서 내리는 친구를 보며 내 속을 아는지 모르는지 웃으며 알아듣지 못할 소리를 합니다. 자세히 들어보면 "아줌마가 돈까스 주었다"고 합니다. 속으로 그래도 밥은 먹고 다녔구나 하는 생각에 눈물이 핑 돌았습니다. 친구의 손을 잡고 아파트 현관을 들어서며 얼굴을 바라보면 웃음밖에 나지 않습니다. 엘리베이터 문이 열리자 엉덩이를 밀며 함께 들어갑니다. 저녁때라서 찬바람이 옷깃을 여미게 했습니다.

행복에 도전하라

2014년 3월 중순쯤 우리 가족들하고 운동을 하러 가는데 뒷목이 갑자기 아팠습니다. 그냥 별거 아니겠지 하면서 계속 시간은 지나고 있었습니다. 몸에 힘이 빠지고 지팡이를 짚어야 될 정도로 몸은 휘청거렸습니다. 걸을 때마다 몸은 흔들렸고 발에 힘도 없어졌습니다. 장애인들은 다 이런 줄 알고 시간이 지나면 낫겠지 하면서 물리치료를 받으러 다녔습니다. 엑스레이를 찍었지만 의사 선생님 말이 "목이 안 좋네요." 하고 나도 "원래부터 그래요." 그러면서 그냥 시간만 보냈습니다. 점점 몸은 안 좋아져 갔고 혼자서 일어나지도 못 할 정도가 되었습니다. 지팡이를 짚고 다니지도 못하여 휠체어를 타고 다녀야만 했습니다. 조금 더 걷기 위하여 워커를 구입하여 의지하고 다니기도 했습니다. 내 아내는 오줌도 받아내며 아침에 일어날 때마다 일으켜 세워줘야 했습니다. 그때부터 아내는 나의 병간호가 시작되었던 것입니다.

처음에는 아무것도 모르고 어디가 아픈지도 몰랐습니다. 몸의 힘은 더욱더 빠지기 시작하였고 거동조차 할 수 없었습니다. 누워 있으면 사지에 기력이 나가는 것이 느껴졌습니다. 아 이런 것이 죽는 거구나 생각을 했습니다.

모든 정보를 동원하여 나의 병의 원인을 찾는 노력을 했습니다. 허리 쪽에서는 전류가 흐르고 할 때는 갑자기 힘이 빠져 쓰러졌고 일어났다가도 또 쓰러지곤 했습니다. 충남대학병원 재활의학과에 가보니 별 이야기는 하지 않고 검사하는데 돈만 들어갔습니다. 나를 아는 교수님이 "목사님 그냥 그렇게 사셔야 되요. 때가 되었습니다." 라고 했습니다. 충대 쪽에서는 수술도 어렵고 그냥 이렇게 살아야 된다는 식의 이야기만 들었습니다. 그렇지만 나 같은 증상을 여러 가지 정보로 알아보니까 척추 쪽에 문제가 있다는 것을 깨달았습니다. "아! 무조건 척추전문병원인 대전우리병원으로 가 보자."는 생각을 하고 우리병원에 가니까 목 쪽에 이상이 있다고 이야기했고 MRI를 찍어 보니까 목 디스크라고 판정을 했습니다. 목 디스크 3, 4번이 나와서 척수를 찌르고 있었던 것 이었습니다. 우리병원에서는 장애인이기 때문에 수술하기가 어렵다는 것입니다. 그래서 서울에 병원을 알아보기 시작하였고 강남세브란스병원이 있다는 것도 알게 되었습니다.

강남세브란스병원에 예약을 해놓고 기다리기 시작했습니다. 몸은 더욱더 힘이 빠져 나가고 하루하루가 급했습니다. 강남세브란스병원에 아는 사람을 통하여 며칠을 앞서 예약을 다시 했지만 그것도 기다릴 수 없었습니다. 2014년 4월 31일 아침에 무작정 짐을 싸서 서울로 출발했습니다. 서울로 운전해서 가는 것이 무서운 아내는 운전을 천천히 하면서 가기 시작했습니다. 서울 가는 길은 기대 반 불안 반이었습니다. 저녁때가 되어서야 병원에 도착했습니다. 응급실로 들어간 나는 일사천리로 진료가 시작되었고, 의사들은 위급하다는 것을 느꼈고 밤이 되어서 내일 아침에 수술하겠다는 결정을 내렸습니다. 때마침 나를 본 응급실 선생님들이 신경과 선생님들이었기 때문에 바로 그다음 날 수술하겠다는 것이었습니다. 나는 수술을 결정하였고 그동안 죽음을 향해 달려가는 것에서 멈춰 새로운 생명을 향해 가는 느낌이 들었습니다.

침대에서도 힘은 더욱더 빠져나갔지만 희망은 살아 있었습니다. 의사 선생님들이 하는 이야기가 조금만 늦게 왔어도 목 쪽에서 숨을 쉬는 것이 힘들어져서 생명이 어려웠을 수도 있었다고 이야기했습니다. 어쨌든 수술은 하게 되었고 수술하기 전 새벽 1시가 되어서 입원실로 왔습니다. 입원실은 정말 아수라장이었습니다. 전국에서 아픈 사람은 다 온 것 같았습니다. 새로 들어오는 사람. 아프다고 소리 지르는 사람. 주사 놓기 위하여 돌아다니는 간호사들 그리고 보호자들이 시끄럽게 떠들고 있었습니다. 나는 선생님들이 와서 아침에 수술 들어간다는 이야기를 하고 온갖 주삿바늘을 꽂고 시간마다 상태를 확인하고 있었습니다.

침대에 누워서 손을 쥐고 하늘을 향해 뻗어 "하나님 나에게 한 번 기회를 주시옵소서." 라고 외쳤습니다. 병원에 온 뒤로부터 점점 삶에 희망을 보았고 손을 쥘 때마다 히스기아 왕처럼 다시 한번 기회를 달라고 외쳤습니다. 다음날 11시쯤에 수술을 한다고 했는데 내 앞에 수술한 사람이 늦어져서 오후 2시가 넘어서 수술이 시작되었습니다. 수술을 하고 나니까 숨 쉬기도 힘들고 내 몸에 온갖 수술한 흔적이 붙어 있었습니다. 숨 쉬기도 힘들었고 코는 막혀 있었고 입안은 뭐가 잔뜩 끼어 있는 느낌이었습니다. 천장에는 시편의 말씀이 적혀 있었고 내 몸은 이리저리 침대로 옮겼고 또 침대는 내 의지와는 다른 곳으로 방치되고 있었습니다. 1시간 동안 아무도 없는 곳에서 내 아내를 기다렸습니다. 선생님들은 보호자와 연락을 하는 것 같았고 1시간 동안 혼자서 기다렸는데 그 시간이 너무 오래 걸리는 것 같았습니다.

입원실로 들어온 나는 목에 피 주머니를 달고 있었고 온갖 주삿바늘이 팔에 꽂혀 있었습니다. 소변 주머니를 달고 있었고 며칠 동안 움직일 수가 없었습니다. 엄마와 친지들이 오셨다가 가시곤 하고 여러 군데서 전화가 왔습니다. 아내는 내 간호하랴 손님들 접대하랴 전화받으랴 여러 가지로 지쳐 있었습니다. 대변은 일주일 만에 나왔는데 며칠 전부터 관장을 했지만 잘 되지 않았습니다. 대변이 나올 때 잘 나오지 않았기 때문에 큰 팬티 기저귀를 입고 시도를 했습니다. 어렵게 나왔는데 큰 팬티에 다 쏟아 냈습니다. 내 아내는 그 모든 것을 닦아주고 참아내야 했습니다. 병원비도 없어서 여기저기 알아보았지만 잘 되지 않았습니다. 아내가 이리 뛰고 저리 뛰어서 준비를 했습니다. 그렇게 나의 수술은 끝이 났습니다.

수술을 한 다음 재활치료가 시작되었고 좋은 병원을 찾아다니며 치료를 받았습니다. 아내는 나 때문에 다니던 직장도 그만 두고 나를 간호해야만 했습니다. 아내는 무거운 몸을 번쩍번쩍 들어 올려야 했기 때문에 오른팔 쪽에 엘보가 왔었고 너무 아파서 내 손을 잡아주는 일도 할 수 없었습니다. 그때 병원에서 본 자동침대가 있었으면 좋겠다 라는 생각을 했습니다. 자동침대는 너무 비싸서 살 수 없었고, 빌리는 데도 많이 비쌌습니다. 내가 아프다는 말을 듣고 밀알선교단에서 김은경 전도사님께서 전화를 했습니다. 김은경 전도사님의 돌아가신 어머니께서 쓰시던 침대가 있다고 하더라고요. 그냥 가져가라는 소리를 듣자 우리는 너무 기뻐서 좋아했습니다. 그러나 옮기는 것도 힘이 들었습니다. 전문가들이 침대를 분해해서 조립하고 옮기는데 30만 원이 들었습니다. 이렇게 도와주는 사람도 많았고 나는 조금씩 깨어나기 시작했습니다.

나는 사회복지사업을 오랫동안 해왔고, 다른 사람 같았으면 큰 시설을 했을 것입니다. 나는 사회복지를 하면서 입주자들에게 돈도 많이 받지 않았습니다. 어려운 사람들은 도와주며, 월급도 그냥 있으면 받고 없으면 안 받으며 아내와 같이 서로 벌며, 격려해주고, 수도자 같이 기도하며 하나님만 바라보며 열심히 공동체를 꾸려왔습니다. 내가 만나는 사람 하나하나를 나와 같이 챙기며 기도하는 마음으로 사람을 만났고, 조그마한 수도 공동체를 꿈꾸며 살았습니다. 진짜 영성은 조금만 일에도 입주자들을 가족과 같이 웃게 하고, 함께 떠들며, 자원봉사자들이 오면 그들에게 꿈을 꾸게 하는 것이라고 생각하며, 아름다운 지역과 함께 이뤄왔습니다. 솔직히 사회복지를 20년 이상 하면 돈도 많이 벌고 얼마든지 시설도 늘릴 수 있었고 진짜 욕심을 채워서 근사하게 꾸며놓을 수도 있었습니다.

깨어나자마자 나에게 힘든 일이 닥치기 시작했습니다. 이제 더 이상 돈 나올 때도 없고 병원비는 천만 원 이상이 들어갔고 가진 것은 빚밖에 없었습니다. 한 입주자의 어머니가 자기 아들을 관리를 잘못했다고 이야기를 해서 집으로 보냈습니다. 이러한 일이 발생되는 동안 여러 가지 일들이 종합적으로 터졌고, 스트레스도 많이 받아서 2개월 정도는 머리가 아프고 가슴이 두근거려 잠도 잘 수 없었고, 사람도 만나는 것이 두려웠습니다. 어쩌면 내가 겪는 고통이 아무것도 가진 것이 없어서 무시하고 덤비는 것은 아닌지? 내가 더 커지고 세력을 넓혀야 되는 건가? 내가 잘못 산 것은 아닌지? 그런 생각까지 했습니다. 우리 주위 사람들 중에는 내가 결혼하고 나니까 변했다고 했습니다. 욕심만 부린다고 하더라고요. 과연 욕심을 부렸다면 더 크게 부렸겠지요. 그리고 아내를 욕하며 엄청난 핍박을 하였고, 그럴수록 더 잘해주려고 노력하였습니다. 목회자이기 때문에 모든 것을 기도하며 견뎌내었고, 목회자 사모라서 더욱더 아프게 했지만 일절 반박을 하지 않으며 시간이 지나길 바랐습니다.

사람들은 잘해줄 때는 내 앞에서 웃다가도 조금만 자기에게 손해가 온다고 생각하면 뒤도 돌아보지도 않는 것이 세상이었습니다. 내가 욕심을 부린 것도 아니고, 그냥 이번에는 살아야 했기 때문이었는데 조금만 도와 달라고 한 것 뿐이었습니다. 내가 그동안 자기들을 얼마나 많이 도와주고 살았는데 그 사람들은 조금도 손해 볼 줄 모르는 사람들이었습니다. 내가 희생하고 나눔의 삶을 산 것처럼 서로 돕고 살기를 원했는데 도와주는 사람은 없고, 알아주는 사람도 없고, 욕심만 부리는 사람으로 낙인찍혀 있었습니다. 이 위기를 어떻게 극복해야 할지 몰랐고, 아내는 모든 것을 버리고 나한테 온 것뿐인데, 사람들은 원하는 게 많았습니다. 처음부터 주변 사람들은 조금만 잘 못하면 달려들어 물어뜯고 상처를 주었습니다. 만약에 내가 결혼을 안했다면 나와 행복공동체는 공중분해되어 없어졌겠죠. 아내는 나와 행복공동체를 살렸고, 모든 것을 버리고 우리에게 날아와 지켜준 수호천사였던 것입니다.

이제는 모든 것이 변하여 지기를 원합니다. 우리를 힘들게 하는 사람들도 사라지고 모든 것이 새롭게 바뀌어가길, 이젠 점차 우리를 힘들게 했던 상황들은 변하여 우리를 돕는 손길도 생겨나기 시작했습니다. 우리 부부가 새롭게 만들어 가는 행복공동체, 과거에 묵었던 때를 씻어 버리고 새로운 마음으로 도전하려고 합니다. 또한 나도 운동으로 몸을 일으켜 세우고 새로운 우리만의 역사를 만들어 가려 합니다. 행복은 우리가 만들어 가는 것, 그동안 어려웠던 일들은 추억으로 남기고, 앞에 있는 과제들을 새롭게 뛰어 넘어야 되겠습니다.

옛날 아플 적에 달려와 준 엄마의 손
옆에서 지켜준 눈동자
흔들리는 세상을
손잡고 걸어준 발자욱

이젠 멀어진 엄마의 손길 속에서
이해 못할 세상살이 힘에 겨워
정말이지 가슴 두근거리도록 싸워도 봐도
답답함에 후련치 않다

속 쓰린 맘으로 싸우다가도

어느덧 다가온 당신의 품속에 서면
저절로 눈물이 되어서 아픔을 녹이고
냉혈 같은 미움으로 금방 울다가도 웃는다

이젠 당신이 곁에 서서
힘들게 산에 오르는 나의 손을 잡고
하이얀 봄 동산에
행복한 수체화로 피었다

— 박세아 「당신이 좋다」

하늘에 꽃을 피우는 마음으로

우리 공동체에 오는 사람들은 지적장애인이나 지체장애를 가진 사람들입니다. 그동안 사회에서나 가정에서 인정받지 못하거나 너무나 오냐오냐하면서 자랐기 때문에 서로가 하나 되는 것이 어려웠습니다. 이럴 때 가장 중요한 것은 서로를 인정해주는 것입니다. 누가 무슨 행동을 하면 즉각적으로 반응을 해주고 또 거기에 대해서 잘했다고 이야기를 해줍니다. 그리고 우리 공동체는 서로의 위치를 잘 조정해서 그 속에서 무엇을 잘 할 수 있는가를 잘 파악하면 아름다운 하모니가 됩니다. 우리 식구들은 자기가 맡은 일이 있었습니다. 아침에 일어나 청소하는 사람, 수저나 젓가락을 놓는 사람, 상을 피는 사람, 청소하는 사람 물론 이런 것들은 어느 정도 내가 하라고 시키지만 자기들이 스스로 찾아서 하는 경우가 많이 있습니다.

서로의 위치에서 잘하는 것은 잘할 수 있도록 또 그분들의 위치를 인정해주는 것이 중요합니다. 자기 마음대로 하는 것이 아니고, 싸우는 것이 아니고, 어느 정도 나쁜 것이 아니면 내가 굳이 개입을 안 합니다. 예를 들어서 내가 어느 정도 느끼는 욕심이나 욕망 그런 것들이 있고 이분들도 자기들의 정치적인 입장들이 다 있습니다. 어떤 친구들은 리더가 되고 싶어 하는 사람도 있습니다. 그러면 그런 사람들끼리 해결하도록 놔두는 것입니다. 내가 개입하는 것이 아니라 이 공동체가 스스로 결정하도록 인정해주는 그러한 것들이 중요합니다. 그래서 이분들은 스스로가 자기가 맡은 일을 하고 역할을 하고 그랬습니다. 우리끼리 있을 때는 혼도 내기도 하고 감정을 이기지 못할 때가 있지만 타인들이 방문 할 때는 항상 예의를 갖춰서 이야기합니다. 우리 공동체에 오는 손님들이 이분들에게 함부로 하는 것을 막기 위해서입니다. 만약에 내가 이분들에게 반말을 하면 거의 100%의 사람들이 반말을 합니다. 그러나 내가 손님들 앞에서 존대를 해주면 90% 이상은 예의를 갖추어서 대해줍니다. 여기서도 인정받지 못하는데 어디서 인정을 받겠습니까? 요즘도 사람들이 장애인을 대하는 태도가 거만하기 짝이 없습니다. 아주 무식하고 무례한 사람들도 많이 있습니다. 내가 요즘 노인복지를 하는 사람을 만났는데 내 연락처를 헨드폰에 입력을 하는데 내 이름을 적더니 그 옆에다 장애라고 쓰는 것이었습니다. 나도 그 이름 옆에다 "무례한 여자"라고 쓰고 싶었습니다.

나의 보호 아래 공동체는 아름답게 성장을 하고 이분들은 나를 도와주고 서로에게 힘이 되어 주는 것입니다. 내가 뭐든지 다 잘해도 옷의 맨 위의 단추를 잠그는 것이 힘들었습니다. 물론 내가 잘 잠글 때도 있고 요즘은 활동보조 선생님이 잠가줄 때도 있고 아내가 잠가줄 때도 있습니다. 하지만 옛날에는 활동보조나 그런 분이 없었습니다. 그럴 때는 꼭 잘 잠가주는 사람이 있습니다. 어느 누군가가 나가면 또 어느 누군가가 그것을 합니다. 또 예를 들어서 청소하는 사람이 있었는데 청소하는 사람은 원래부터 청소기로 청소를 했습니다. 그러면 이분이 밖에 나가거나 외출할 때 다른 친구가 와서 그 일을 합니다. 기가 막힌데 원래 안했던 사람은 그 선임자나 잘하는 사람의 행동들을 잘 지켜보고 있다가 그런 것들을 그 사람이 없을 때 그대로 보고 따라 하는 경우가 많았습니다.

나는 항상 못하는 것도 잘한다고 했습니다. 우리 식구들은 언어가 발달되어 있지 않기 때문에 노래나 그런 것들을 잘하려고 하지 않는 사람들이 많이 있었습니다. 그래서 노래를 좋아하고 잘하는 친구만 칭찬을 하는 것이 아니라 노래를 못하고 흥얼흥얼거리기만 하여도 잘한다고 합니다. 그러면 몇 년이 지나면 라디오에서 노래가 나오면 그것을 흥얼흥얼거리면서 노래를 따라부릅니다. 처음에 공동체에 들어오면 자신감 있게 소리 내어 노래를 부르거나 춤을 추지는 못합니다. 그리고 무엇을 물어보면 무조건 모른다고 합니다. 몇 시냐고 물어보아도 머리를 돌리고 몇 일, 무슨 요일, 이런 것을 물어보아도 말을 못합니다. 그러나 여기에서 서로에게 영향을 주고받고 항상 용기를 주는 말을 듣고 살면 노래도 자신 있게 부르고 대답도 틀리는 대답이지만 잘합니다. 어디서나 사람들이 있거나 없거나 흥얼거리는 노래이지만 자신 있게 합니다. 그래서 이분들이 자신감을 갖습니다. 그러면 다른 것은 못하지만 노래를 따라부르는 것에 대해서는 자신감을 가질 수 있게 되었습니다. 춤을 잘 추는 친구에게 춤을 잘 춘다고 칭찬을 하고 못 추는 친구에게도 조금이라도 움직이면 잘한다고 해서 연대적으로 자신감을 갖게 하는 것입니다. 그리고 어떤 분은 이런 분도 있었습니다. 몸을 잘못 움직이고 한쪽 손만 쓰는 분이었습니다. 그런데 이분은 처음에는 방 닦는 것 외에는 아무것도 하지 않았습니다. 이분이 무엇을 할 수 있을까 생각을 해봤습니다. 그런데 이분도 잘 할 수 있는 것이 찾아졌습니다. 그것이 바로 설거지였습니다. 물론 처음에는 한손으로 설거지를 했기 때문에 잘하지 못했습니다. 하지만 잘 안 되는 부분을 개선하고 여러 번 닦게 하고 여러 번 헹구게 했습니다. 그러니까 너무너무 잘하는 것입니다. 그리고 이분들은 내면에 있는 것들을 자연스럽게 끌어올리면 됩니다. 내면에 있는 상처나 내면에 있던 즐거운 것 내면에 있던 고통 이런 것까지도 잘 끌어올려서 옛날에 단점들을 지금의 장점으로 끌어올려줍니다. 그것은 과거의 말하는 것이나 노래 부르던 것 등 부모에게 혼났던 추억들을 좋은 추억으로 만드는 것을 이야기합니다. 그렇게 되면 무엇이든지 즐겁게 하고 기쁘게 할 수 있습니다.

그리고 또 하나는 공동체가 하나 되는 것입니다. 어떤 사람은 나한테만 사랑받으려고 누가 잘못했다고 이르고 나한테만 관심을 갖는 분이 있습니다. 그럴 때는 때로는 그분에게는 무관심한 표정을 해서 공동체가 하나 되게 합니다. 우리 공동체 가족들은 커피를 너무너무 좋아합니다. 커피를 좋아하는 것은 문제가 되지 않습니다. 하지만 하루에도 열 개 이상 먹을 때도 있고 커피를 먹으면 땅바닥에 떨어뜨려서 찐득찐득하게 만들어 버리기 때문에 커피를 될 수 있으면 안 먹이려고 합니다. 여러 가지 방법을 많이 했습니다. 커피를 다 뺏어 보기도 하고 커피 때문에 밖에 나가서 고집을 피워서 여러 공동체를 힘들게 한 적도 있고 합니다. 커피도 점차적으로 스스로가 조절하도록 만들고 있습니다. 어느 곳에 가서는 커피가 있어도 안 주고 또 주어야 할 때는 주고 그렇게 해서 절제력을 키우도록 노력을 했습니다. 우리 식구들은 아이와 같습니다. 나쁜 것은 빨리 배우고 좋은 것은 늦게 배웁니다. 그렇기 때문에 고집피우고 거짓말하고 그러한 경우가 많이 있습니다. 때로는 누가 때렸다고 해서 이야기를 들어보면 때린 것이 아니라 자기가 원하는 것을 안 해주었을 때 상황이 잘 안되었을 때 그렇게 이야기 하곤 했습니다.

우리 공동체는 때로는 어렵고 때로는 기쁜 일도 많이 있습니다. 이분들은 어린 아이와 같다보니까 안 좋은 것들은 너무너무 잘합니다. 우리들의 손바닥 위에 있지만 다른 사람들이 오면 속아 넘어갑니다. 자기한테 이로운 쪽으로 이야기를 많이 합니다. 때로는 우리 공동체가 안 좋게 되는 그러한 말도 합니다. 이러한 이유 때문에 우리가 하나 된다는 것은 너무너무 쉬운 일은 아닙니다. 하나님의 공동체가 축복을 받길 원한다면 어떻게 해야 할까요? 저도 잘 모릅니다. 그리고 저도 어렵습니다. 이분들과 20년 이상 살아온 저도 정말 어렵습니다. 밀알선교단에서는 장애인을 하늘에 심은 꽃이라고 합니다. 그만큼 아름답고 착하다는 것입니다. 고은 시인께서는 나에게 이러한 말을 했습니다. "목사는 들에서 꽃을 피워야 되는 사람이다." 라고 물론 하늘에 심은 꽃이란 뜻은 그만큼 소중하고 아름답고 존경받고 그렇게 살아야 된다는 것이고 들에서 꽃을 피운다는 것은 그만큼 어렵고 힘들고 고난을 감수해야된다는 말일 수도 있습니다. 안국훈 시인은 이런 시를 썼습니다. 진실은 언제나 치명적이다 / 무엇이든 마음을 너무 주지 마라 / 결국에는 어느 순간에는 / 악착같이 모았던 것이 / 물거품처럼 사라질 것으로 남는다. 물론 이 말도 맞는 말입니다. 내가 너무 진실 되게 살아온 것은 아닌지 그래서 많은 사람들에게 손가락질당하며 우스운 존재로 산 것은 아닌지? 잠언에서 솔로몬이 이야기하는 것처럼 이 세상의 것들은 헛되고 헛되도다.

라고 했습니다. 하나님의 것도 헛되다. 라고 그러한 이야기를 했습니다. 이 세상의 것들은 이루고 나면 이루기 전의 마음에서 사라지고 맙니다. 그래서 많은 학자들이 이루었다고 할 때 이룬 것이 아니다. 라는 말을 합니다. 그러나 나는 하나님의 뜻 안에서 하루하루 걸어가며 그분의 삶을 본받으려는 노력으로 살아가는 것입니다. 나는 이 공동체를 이끌어 가면서 하나님께서 움직이길 바랐습니다. 정말 바보처럼 아무도 없는 들판에다 꽃을 피웠습니다. 지금까지도 그렇게 했고 앞으로도 그렇게 될 것입니다. 요즘은 이런 생각을 합니다. "절대 성장하는 것을 포기하지 마라" 우리 공동체가 육으로나 영으로나 성장하는 것을 포기하지 않을 것입니다. 고통과 슬픔은 또 하나의 기회입니다. 인간의 길에서 서 있다는 것은 성찰로 이루어지는 것이라 생각합니다. 숙고함이 없는 만들어지는 인생은 진정한 아름다운 인생이 아닙니다. 그리고 하나님이 하는 일은 절대 헛된 것이 없고, 존재의 이유는 분명히 있기 때문에 세상과 교류하며 진실이 승리하는 아름다운 공동체를 만들어갈 것입니다.

제3부

행복을 꽃 피우는 어린왕자

공동체의 영성

세계 공동체는 예수님께서 하나님께 순종을 했기 때문에 세계 공동체가 살아났다고 생각합니다. 만약에 예수님이 하기 싫다고 했다면 하나님의 사역은 안 되는 것이었습니다. 우리 부부는 처음에 결혼에 했을 때는 서로 다른 일을 했기 때문에 그다지 싸움을 많이 하지 않았습니다. 그런데 내가 아프고 일을 함께 하면서 아내의 말이 짜증으로 들렸습니다. 아내는 여러 가지 장점이 많이 있습니다. 아내의 장점은 주위에 있는 정말 꼭 필요한 사람에게 나누어 주기를 잘합니다. 그런데 나 같은 경우도 나누어주기는 너무나 잘 나누어줍니다. 그런데 지혜롭게 나누어주지는 않습니다. 예를 들어서 내 옆에 있는 사람이 무엇을 달라고 하면 다 줍니다. 그런 것들이 조금씩 쌓이다 보니까 내가 주는 사람은 한정되어 있었습니다. 그리고 그런 사람들은 안 주면 나를 미워하고 떠나고 그러한 상황이 되었습니다. 하지만 아내는 모든 것이

나보다 더 지혜로웠습니다.

나눠주는 방식이나 나를 위해서 이야기를 한 것인데 내가 화를 내고 아내와 싸움을 많이 하게 되었습니다. 남자는 일을 해결하려고 하고 여자는 마음을 알아주기 위해서 이야기하는 것 같았습니다. 으르렁 대면서 서로가 자존심에 손해를 안 보려고 싸우게 되었고 힘들어서 서로 싸우다 서로 원수가 되고 남자가 한 가지 이야기하면 여자가 속사포를 쏘고 남자는 대포를 쏘면 여자가 핵포탄을 쏩니다. 이렇게 지지 않기 위해서 서로가 싸움을 하고 또 여러 가지 공동체를 잘 이끌어가기 위해서 서로 이야기를 하다 보면 싸움을 하게 되었습니다. 또 나 같은 경우는 잘해주고 배려하다 보니 주위 사람에게 길이 들여지고 주위 사람들을 무서워하기까지 했습니다. 웬만하면 나는 주위 사람들에게 잘해주려고 했고, 너무 배려하려고 했기 때문에 그러한 것이 7~8년 동안 쌓이다 보니 나보다 다른 사람들이 중심이 되어 우리 공동체가 돌아가곤 했습니다. 물론 주위에 있는 사람들이 나빠서라기보다는 내가 너무 바보같이 배려가 컸던 것이었습니다. 그러다 보니 주위에 있는 사람들에게는 너무나 잘했습니다. 하지만 아내한테는 너무나 못했습니다. 그러다 보니 아내가 힘든 적이 많았습니다.

이러한 것들은 나의 잘못이고 내가 너무 착했기 때문에 그러한 일이 발생했던 것입니다. 우리 부부는 그러한 것들을 조금씩 극복하기 시작했고 우리 아내의 지혜로운 마음 때문에 우리 공동체는 더욱더 하나 되기 시작했고 자리를 잡아 갔습니다. 우리 직원이나 아니면 주위에 있는 사람들이 조금씩 바뀌기 시작했습니다. 처음에는 바뀌는 것이 무서웠지만 또 용기를 내서 해보니 그렇게 무서운 것도 아니었습니다. 너무나 잘 되었고 지금까지 했던 잘못을 되짚어 보며 우리 공동체가 더욱더 좋아지기를 기도하는 마음으로 살았습니다. 그리고 우리를 도와주시는 분들도 많이 생겼습니다. 처음에는 옛날에 있었던 분들이 편하고 좋을 수도 있었지만 그분들은 나를 이용하는 것밖에 되지 않았습니다. 물론 그분들이 일을 못했다는 것은 아닙니다. 성심 성의껏 했고 장점도 많이 있었습니다. 하지만 그분들은 거기까지였습니다. 우리 공동체는 우리가 만드는 것이고 새 술은 새 부대에 담으라고 한 것처럼 아내와 새로운 마음으로 함께 나누며 서로서로를 사랑하며 살아가야 될 것입니다. 걱정했던 것보다 더 좋아졌고 이제 앞으로 우리의 목표는 예수님께서 만들어 놓은 순종의 공동체를 만드신 것이고, 공동체성을 다시 한 번 회복하며 나가는 것이었습니다.

예루살렘은 예수님이 죽임을 당한 장소이고 예수 공동체가 시작되는 탄생의 장소이기도 합니다. 부활한 예수님은 제자들에게 예루살렘을 떠나지 말고 성령의 오심을 기다리라고 부탁하고 하늘로 올라갔습니다. 예수님의 말을 따르고자 하는 사람들이 많이 몰려들었고 또 거기에 공동체가 생겼습니다. 이분들은 예수님의 제자들로서 예수님의 삶을 똑같이 살기를 원했던 것입니다. 그래서 두려움 속에서도 제자들은 예수님의 부탁과 약속 때문에 예루살렘을 떠나지 않고 몰려 있었습니다. 거기서도 성령의 임제가 있었던 것입니다. 예수님의 제자들이 보여준 공동체성은 지금까지 이어지고 있습니다. 공동체를 이끌어가기 위해서는 맡은 자에 대한 충성이었습니다. 고린도전서 4장 2절의 말씀입니다. 나도 이렇게 살았습니다. 어느 누구든 충성하고 배려하고 물론 조금은 실수도 있었습니다. 그리고 너무나 착한 나를 이용하며 군림하려 하고 상처주고 마음을 아프게 하는 자들도 있었습니다.

그러나 나는 지금까지 삶의 고백을 예수님께서 걸어가신 고난의 길을 걷는 것처럼 그 길을 걸어가고 있습니다. 예수님께서 보여주신 공동체성을 이룩하고자 하는 것입니다. 공동체 속에서 항상 우리는 아름다운 것들을 이끌어가려고 노력하고 있습니다. 겨자씨는 조그마한 것입니다. 우리가 겨자씨만한 믿음이 있어도 큰 일을 이룬다고 했습니다. 그것은 어떻게 해결할 수 있을까? 바로 몰입이라고 생각을 했습니다. 형제가 동거함이 선하고 아름답다 (시편 133:1) 연합하여 함께 같은 곳을 바라보고 희망과 행복을 몰입해서 우리 부부와 아이들 우리 공동체 가족들이 함께 하나가 되어서 이 세상을 밝힌다면 얼마나 좋겠습니까? 나는 이것을 참물이라고 생각을 했습니다. 참물이라는 것은 저 높은 산에서부터 돌이나 이끼나 아니면 모든 퇴적물을 거치고 정수되어 좋은 영양소가 들어있는 그 물이 참물입니다. 우리 부부는 그동안 실수도

하고 고난도 당하고 슬프기도 하고 같이 울면서 또 다른 참물이 되었습니다. 난 지금이 너무너무 좋습니다. 욥이 그 모든 고난을 통과하면서 정금이 된 것 같이 나도 실수와 고난과 아픔과 슬픔을 통하여 참다운 물로 승화되었다는 것입니다.

앞으로 나의 목회가 지금까지의 실수를 나의 단점을 극복하고 아름답게 맛있게 마실 수 있는 생명의 참물이 되는 그런 공동체가 만들어지기를 원합니다. 그리고 하나님께서는 나에게 고통을 주고 슬픔을 준 그런 사람들까지도 품고 사랑하라고 하고 계십니다. 물론 그분들을 사랑하며 살 것입니다. 그리고 인내하며, 물론 이젠 지혜롭게, 옛날의 것은 지나갔으니 이제 새롭게 태어난 피조물로서 또 다른 노력을 하며 건강을 지키며 은혜 속에서 살기를 원합니다. 앞으로도 그럴 것이며 행복을 꿈꾸고 이루어 가는 사람이 될 것입니다. 옛날에도 그랬듯이 앞으로도 더욱더 노력할 것이며 삶을 풍성하게 할 것입니다. 저는 이 공동체가 고난과 숙고하는 시간을 거치면서 지혜롭고 사랑 많은 열매가 맺혀질 것이라 생각합니다.

내가 꿈꾸는 공동체는 과거나 현재나 했던 것처럼 나의 모든 것을 나누고 좋은 것들을 서로 섬기며 희망의 공동체를, 사랑의 공동체를 만들어갈 것입니다. 물론 어려울 수도 있습니다. 지금도 두렵고 떨리는 마음이 있습니다. 그렇지만 노력해서 주님이 가신 그 길을 나도 가고 싶습니다.

고통 속에서도 행복은 피어난다

공동생활가정은 보통 4명 이하로 가정처럼 이루어진 시설입니다. 가정처럼 이루어졌기 때문에 한 명의 재활 교사가 거주 생활지도도 하고 프로그램 운영도 하고 문서 및 회계 업무도 도맡아서 하고 여러 가지 일들을 많이 해야 됩니다. 그리고 가정처럼 이루어지다 보니까 여러 가지 입주자들의 개인적 일들도 많이 도와줘야 할 때가 있습니다. 어려운 일도 있고 잦은 일도 또 여러 가지 요구하는 일들이 많이 있습니다. 지적장애인들로 이루어져 있고요 또 이분들을 위해서 낮에는 여러 가지 프로그램을 운영하고 있습니다. 저는 지금까지 3명 내지 4명이 계속 이렇게 있었는데 항상 이분들을 위해서 최고의 가정에서 이루어지는 것과 같이 최고의 서비스를 하고 있습니다. 우리는 현재 나와 내 아내가 우리 입주자 가족들을 돌보고 있습니다. 그러다 보니까 우리 가족들은 나와 진짜 가족 같은 분위기에서 함께 생활하고 있습니다. 그런데 우리 진짜 가족들 내 아들 딸들하고는 일주일에 한 번, 한 달에 두 세 번 그 정도밖에 만나지를 못합니다. 왜 그러냐면 우리 행복공동체의 가족들하고 내가 항상 24시간 있어야 되고 또 아내도 나와 같이 나를 도와서 같이 있어야 되기 때문에 아내는 그래도 밥을 해줘야 하기 때문에 하루에 한 번씩은 보지만 저는 볼 수도 없습니다.

우리 입주가족들은 거의 24시간 나하고 있고요. 그리고 또 주말에도 집으로 가지 않습니다. 그렇기 때문에 우리 공동체 식구들은 그렇게 살아가고 있습니다. 아침에 일어나면 공동체 가족들과 씨름을 합니다. 너무 순수하고 아름다운 친구들. 항상 나와 같이 뒹굴고 한집에서 살아갑니다. 아침에 일어나면 씻는 것을 챙깁니다. 가장 늦게 들어온 가족과 씨름을 합니다. 일어나도록 깨우는 일과 씻기는 일이 가장 힘듭니다. 모든 말을 부정적인 단어로 소통하는 친구입니다. 고집이 무지 세서 생활 속에서 힘든 부분이 이만저만이 아닙니다. 가장 나이가 많은 가족은 거짓말과 자기가 맘에 드는 물건을 슬쩍 가져오는 버릇이 있습니다. 다른 사람들은 우리 가족들을 천사로 인식을 하고 거짓말도 하지 않고 마음이 깨끗한 줄로 착각하는 경우가 많습니다. 우리 가족들도 인간이 가지고 있는 나쁜 점은 다가지고 있습니다. 공동체 가족들이 가지고 있는 욕망은 별로 큰 것은 아니지만 이분들의 말 때문에 힘든 적이 많이 있었습니다. 그래서 오해를 해서 욕도 얻어

먹은 적 있었습니다. 살이 많이 찐 제일 어린 친구는 대변을 못 닦기 때문에 외출 시에 냄새를 풍기는 경우가 많이 있습니다. 한 시간도 가만히 있으면 일을 저질러 놓습니다. 집에 있는 물건을 부수거나 엉뚱한 일을 만들고 보통 사람들이 생각지도 못한 일들이 벌어집니다. 하루에도 몇 번 가슴에서 욱 하고 올라 올 때가 한두 번이 아닙니다. 이분들은 공동체성이라는 것이 있습니다. 이런 것을 잘 조절하여 평화를 이루도록 하는 것이 중요합니다. 눈만 봐도 딱 알아채야 합니다. 싸울 기미가 있거나 무슨 일이 일어날 상황을 미리 대비하여 빨리 그 문제를 제거해야 합니다. 정말 이 일이야 말로 최고의 감정 노동입니다. 내가 이 속으로 휘말려 들어가면 안 됩니다. 사람들은 잘 모르는 경우가 많습니다. 그래서 이분들의 말만 듣고 우리를 어렵게 만들기도 합니다.

나는 항상 이분들을 위해서 일주일 동안 계속 노는 날 없이 갑니다. 그리고 노는 날이 있더라도 이분들을 항상 지켜보는 그러한 상황입니다. 그래서 나는 휴가 같은 것도 없습니다. 그리고 주말도 없고요. 그리고 교회를 가더라도 같이 가고 다른 시설에서는 볼 수 없는 그런 형태가 이루어집니다. 물론 내가 좋아서 시작한 일입니다만 그러한 외부의 지원이나 도움들이 없습니다. 그리고 우리 행복공동체는 행정이나 회계 같은 일도 도와줄 수 있는 곳이 없다는 것입니다. 그리고 대체 인력도 없고 교육에 대한 영향 이런 것도 우리 스스로가 알아서 해야 됩니다. 그러다 보니까 여러 가지 일들이 많이 일어납니다.

우리에게는 인권이 없습니다. 공동생활가정 입주자들을 위해서는 인권이 필요합니다. 뭐 장애인 인권을 얘기 하지만 우리들은 우리 시설장과 사회복지사들의 인권이 없습니다. 너무 적은 곳이다 보니까 그리고 가정처럼 지내다 보니까 입주자들의 부모님이나 입주자들의 관련된 분들이 너무 함부로 합니다. 가족처럼 지내는 경우도 있지만 그러한 것들이 너무 지나치다 보니 우리가 안 해도 해야 되는 경우가 많이 있습니다. 하루 종일 우리 가족들을 위해서 목욕도 시켜줘야 되고 대소변이 안 되는 그런 친구들 때문에 어려움도 당하고 그리고 가장 어려운 점은 우리 가족들의 부모들이라는 것입니다. 내가 큰돈이나 버는 것처럼 생각을 하고 또 입주자들의 부모님까지 우리가 생활을 도와줘야 될 때도 많이 있습니다. 제일 나이가 든 어머니를 이쪽 요양병원에서 너무 오래 있었기 때문에 더 이상 계실 수 없기 때문에 어렵게 양로원에 모셨습니다. 그런데 요즘도 나에게 전화를 해서 많은 것들을 요구하며 이쪽으로 오겠다고 하면서 그렇게 못하면 자기 자식을 데리고 영동으로 가겠다고 어깃장을 놓습니다. 그럴 때는 너무나 어렵고 아내도 힘들어 하고 그리고 저한테 이런 식으로 하여 협박과 괴로움을 줍니다. 이럴 때는 속이 울렁거리고 헛구역질이 나오고 숨이 차오릅니다. 너무 몸이 아플 정도로 힘들고 우울증과 그리고 또 대인 기피증 정신적 스트레스가 이만저만이 아닙니다. 그러한 것들 때문에 아직도 가슴이 두근두근 거릴 때가 있습니다. 우리는 항상 우리 가족들을 돌보고 있지만 외부에서 우리에게 주는 스트레스는 이만저만이 아닙니다. 우리가 오히려 더 보호를 받아야 되고 또 고난받을 때가 너무 많다는 그러한 점입니다. 그래서 머리가 지끈지끈 아파 옵니다. 그리고 저 혼자서 이렇게 헛구역질을 하면서 혈압이 오르면서 흥분이 되고 심장병에 걸린 것처럼 불안하게 되는 그런 경우가 많이 있습니다. 이러한 것들을 어떻게 극복해야 하는지 또 내가 너무 착하고 할 말을 못하고 그러다 보니까 너무 어려움도 많이 있습니다. 그럴 때마다 저는 기도하며 살아갑니다. 공동체 가족들이 또한 너무 예쁘고 너무나 사랑스럽습니다. 내가 아침부터 저녁까지 이분들을 위해서 끊임없이 보호해야 되고 끊임없이 보살펴야 됩니다. 나는 한 번도 이분들이 싫거나 어려워해 본적이 없습니다. 함께하면 너무 좋고 사랑스러워서 물고 빨고 합니다. 어렵고 힘들지라도 이런 것까지는 좋은데 주의 환경이나 또 가족들을 둘러싸고 있는 그러한 두려움들 때문에 어려울 때가 많이 있습니다. 그래서 저는 항상 기도하며 살고 있지만 또 행복하기도 하지만 어려운 점도 많이 있다는 것입니다. 나는 오늘도 이렇게 두려움에 떨고 있을 때가 많이 있습니다. 그럴 때마다 하나님께 의지하며 기도하고 노력하고 있습니다. 내 삶은 왜 이렇게 됐을까? 내가 왜 이렇게 여기까지 왔을까? 하지만 나에게 새로운 능력을 주시고 또 새로운 희망을 주실 것이라고 생각을 합니다. 고통이 더 이상 괴롭게 하는 것이 아니라 행복이자 희망인 것을 발견합니다. 나는 더욱더 노력할 것이며 또 공동체 가족들과 항상 하나가 되어서 살아가겠습니다.

버려야 보이는 행복

우리가 버릴 것 중에 가장 먼저 버려야 할 것은 탐욕입니다. 욕심과 자기 마음대로 하는 것 때문에 공동체를 떠나가고 성경에서도 보면 욕심 부리는 것을 하나님께서 가만 두지 않는 것을 많이 보았습니다. 생활에서 가진 탐욕 중에 하나가 옷에 관한 욕심입니다. 나도 옷장에 옷이 많이 있습니다. 남자치고는 많은 편입니다. 제일 먼저 농에 있는 옷들을 버려야 합니다. 우리가 살아가는데 있어서 몰입하며 살아가야 하는데 우리가 몰입할 수 없는 것은 탐욕 때문에 그렇습니다. 탐욕이라는 것은 우리의 몸무게를 무겁게 합니다. 사도 바울이 걸칠 옷만 가지고 선교했던 것도 생각을 해봐야 합니다. 농에 옷이 많이 쌓여 있는데 이사 갈 때를 한번 생각해 보십시오. 이사 갈 때는 옷들을 절반이상은 버립니다. 그렇다면 지금 가지고 있는 옷들을 절반 이상은 버릴 수 있어야 됩니다.

우리가 가장 신경써야 하는 것은 죄악입니다. 어느 해 겨울 우리 아파트에 비가 하루 종일 내린 적이 있었습니다. 그래서 아침까지 내렸지만 겨울에 내린 눈들이 쌓여 주차장 옆으로 눈이 쌓여 있었습니다. 그런데 비가 이틀 동안 내렸지만 차가운 눈 때문에 녹지 않은 곳도 있었습니다. 한동안 눈이 오고 쌓이고 눈이 오고 쌓이기를 반복했기 때문에 눈 속에는 많은 쓰레기들이 묻혀 있었습니다. 이틀 동안 내린 비는 하얀 눈 속에 묻혀 있던 쓰레기를 다 들어나게 했습니다. 짓 눌려진 담배꽁초는 배가 터져 내장을 드러내고 흩어져 보기에도 민망할 정도로 땅을 오염시키고 있었습니다. 버려진 종이컵은 들고 마시던 멋진 아가씨들의 것인지 모르겠지만 립스틱 자국이 빨갛게 인쇄되어 있는 것도 여기저기 눈에 띄었습니다. 이렇게 사람들이 버리고 간 온갖 잡동사니가 나뒹굴고 있었습니다. 우리도 언젠가는 죽으면 이런 것들이 들어나게 됩니다. 지금 위선과 욕심과 자기가 만들어놓은 조직이나 문화 때문에 지금은 보이지 않더라도 화장이 벗겨지면 낫낫이 우리의 죄악상이 드러날 것입니다. 심령이 가난한 자는 천국을 볼 수 있다고 했습니다. 몰입하고 죽을 날을 기다리는 사람들은 이런 것이 없습니다. "최소한 자기 삶은 아름답게 살았을 것이다." 라는 것입니다. 그러나 우리도 마지막 심판대에 섰을 때 투명하게 보이는 거울 앞에서 부끄러운 잔상을 볼 수 있을 것입니다. 욕심 때문에 찌그러진 마음을 깨끗하게 세탁하지 않으면 하나님을 볼 수 없는 것입니다. 성경에서 왜 마음이 가난해야 천국에 들어갈 수 있다고 이야기 했을까요? 이것은 성경도 보편적 선악에서 크게 다르지 않다는 것을 보여주고 있습니다. 우리는 마음을 깨끗하게 하고 앞에서도 이야기했듯이 치렁치렁한 것들, 걸리적 거리는 것을 다 버리고 몸을 가볍게 하고 마음을 깨끗하게 해야 됩니다. 그렇지 않으면 성공할 수도 없고, 인생을 잘 살 수도 없고 죄악 때문에 우리의 성공을 가로막힐 수 있습니다.

그리고 인생에서 욕심이라는 죄악 때문에 우리 몸에 나타나는 것은 질병입니다. 우리가 운동을 하고 먹는 것에 대한 욕심을 버리고 그러면 질병은 들어오지 않습니다. 마음을 아름답게 먹고 그러면 내 안에 있는 세포가 나쁜 세포들을 이겨냅니다. 그렇지만 많이 먹고 스트레스받고 욕심내고 그런 사람들은 건강이 나빠질 수밖에 없습니다. 모든 것들을 버리면 나을 수 있습니다. 언제나 모든 생활 속에서 나 자신을 볼 수 있는 기회로 삼아야 됩니다. 천국에 들어갈 수 있는 문 어떻게 천국에 갈 수 있을까요. 우리가 예수 믿으면 들어갈 수 있다고 했지만 성경에서도 예수님께 주여, 주여 하는 자마다 다 천국에 들어갈 수 없다고 했습니다. 하나님 뜻대로 사는 사람이 천국에 들어갈 수 있다고 했고 심령이 가난한 자가 천국을 볼 수 있다고 했습니다. 그렇다면 우리는 우리의 답은 정해져 있습니다. 예수를 믿어도 올바르게 믿어야 된다는 것, 예수만 믿고 행동이 변화되지 않는 사람은 천국의 문은 열려지지 않는다고 생각합니다. 물론 천국은 많이 기도하고 종교생활을 정말 잘 하고 그런 사람들이 천국 가는 것은 아닙니다. 천국은 전적으로 하나님의 마음에 합당한 사람만 들어갈 수 있다는 것입니다. 그렇다면 하나님의 마음을 어떻게 녹일 수 있을까 그것은 사람을 녹이면 하나님도 녹아진다고 생각이 들고 꼭 그러한 노력이 없더라도 정말 자기가 죄인이라는 것을 깨닫고 하나님을 만나기를 원하는 사람은 하나님을 만날 수 있다고 생각합니다. 천국에 갈 수 있는 방법은 무지 까다롭다는 것입니다. 하나님의 마음에도 들어야 하고 또 사람의 마음에도 들어야 하고 또 자기가 순수한 마음으로 하나님을 볼 때 이 세 박자의 마음이 있을 때 천국에 들어갈 수 있다는 것입니다. 그렇다면 우리는 하나님나라에 들어가기 위하여 무엇을 해야 되겠습니까. 가장 중요한 것은 기도입니다. 그런데 기도는 원하는 것만 하나님께 올리는 것이 아니라 기도를 함으로써 내 삶도 기도의 삶이 되어야 된다는 것입니다. 그래서 우리는 삶속에서 기도의 제목이 이루어지도록 살아야 된다는 것입니다. 생활과 떨어진 기도는 의미가 없습니다. 예를 들어서 내가 구원받기를 원하는 기도를 했다면 구원받을 행동을 하면서 기도를 해야 한다는 뜻입니다. 인간은 너무나 도전적인 기도를 많이 합니다. 그런 사람들을 나는 만나는 것을 싫어합니다. 너무나 하나님을 의지한 나머지 다른 사람들에게 상처를 주고 자기 기도의 제목이 이루어지는 것을 수단과 방법을 안 가리고 하는 사람들이 많기 때문에 하나님을 빙자한 인간의 욕망을 실현하는 도구가 될 수도 있습니다. 그래서 우리는 기도할 때 하나님의 뜻과 나의 삶이 일치되고 내가 걸치고 있는 공동체가 원활하게 돌아갈 수 있는 그런 기도 제목이 필요하다는 것입니다.

우리가 살아가면서 중요한 것은 기도 제목을 이루려는 꿈입니다. 나만 잘 먹고 잘사는 꿈이 아니라 모든 사람들과 함께할 수 있는 그러한 꿈을 꾸는 것이 좋습니다. 내가 일을 할 때 하나님께서 보시기에 아름다운 사람으로 사느냐 하는 것입니다. 내가 하는 일을 통해서 하나님의 영광을 받을 수 있게 하느냐 그것이 중요하다고 생각을 합니다. 우리가 직업을 갖거나 꿈을 이루는 목적은 모든 사람들이 행복을 이루는데 내가 어느 정도 도움을 주어야 된다는 것입니다.

우리는 결혼생활에서 자녀들을 내 소유로 생각할 때가 많이 있습니다. 그리고 자녀 교육에 있어서 너무나 욕심을 부린다는 것입니다. 나는 어려서부터 기도하면서 우리 가정은 서로서로 배려하면서 자녀들에게 꿈을 같이 꾸게 하고 길을 제시하고 그래서 자녀들이 어려움도 이겨내고 그렇게 되도록 기도를 했습니다. 지금은 우리 자녀 교육은 잘 했다고 생각합니다. 자녀들에게 내 욕심을 넣지 않았고 내가 길을 제시할 때 우리 자녀들은 내 말을 잘 따라 주었다는 것입니다. 그것이 내가 지금 행복입니다. 우리 자녀들과 사춘기 때는 어려움도 많았고 싸우기도 많이 싸웠고 하지만 그러한 것을 통해서 우리 가족 공동체는 서로서로에 대한 배려와 꿈을 함께 이루어 갈 수 있었습니다. 우리 인간은 누구나 외로움과 고난을 항상 가지고 삽니다. 그래서 이 세상살이가 인간관계 속에서 산다고 해도 과언은 아닙니다. 내가 잘해주면 잘해주는 대로 인간관계는 어려워지고 또 내가 못하면 못하는 대로 인간관계는 어려워집니다. 그럴 때 상처를 받고 트라우마로 인해서 도전을 거부하는 때가 있습니다. 그럴 때마다 도전을 무서워하지 말고 우리도 언젠가는 죽음에 이르기 때문에 이 세상에 두려움 정도는 아무것도 아니라는 것을 깨달아야 합니다. 우리는 인간관계를 두려워하지 말고 내가 상대방에게 도움을 줄 수 있는 사람이라고 생각하면서 이 세상을 아름답게 가꾸어 가면 됩니다. 우리가 나중에는 다 버려야 할 때가 옵니다. 그랬을 때 정말 아름다운 보석들이 반짝반짝 빛나는 그러한 삶을 살았다고 많은 사람들이 이야기할 수 있어야 합니다. 이제 우리도 버려야 할 시간이 옵니다. 그럴 때마다 우리는 탐욕과 죄악에서 벗어날 사람은 아무도 없기 때문에 그러한 날이 오기 전에 나의 몸과 마음을 깨끗하고 날렵하게 만들어야 된다고 생각합니다. 우리는 이러한 삶속에서 고난을 이기며 승리하는 삶으로 살아야 된다고 생각을 합니다. 우리는 더러워지고 탁해지는 삶을 다 드러날 날을 위하여 더욱더 마음을 닦으며 노력을 하면서 살아야겠습니다.

작은 자의 영성

나는 항상 행복하게 살아왔습니다. 어려움이 있어도 고난이 있어도 그리고 항상 수도하는 마음으로 기도하는 마음으로 살아가고 있습니다. 사람들은 원시시대부터 경쟁 속에서 살았기 때문에 사람들을 가만히 내버려두는 경우가 없습니다. 약한 자를 공격하고 약한 자를 잡아먹는 이 사회가 그러한 사회입니다. 나는 그러한 것들을 너무 많이 봐왔습니다. 그리고 목사로서 또 장애인이었기 때문에 더 나를 만만하게 보는 자들이 많았습니다. 때로는 힘없는 자들이 아니면 목회가 어려워 힘들어 하는 목사님들이 저한테 찾아옵니다. 그러면 그 사람들이 힘을 조금이라도 나한테서 얻었다든지 어려움을 극복하였다든지 아니면 나에게 더 이상 나올 것이 없다든지 그런 사람들은 다 힘을 얻고 떠나갑니다. 그러한 것들이 별로 서운하지는 않습니다. 왜 그러냐 하면 그것은 나만 할 수 있는 일이고 내 사명이 거기까지니까 또 어려운 사람들이 오는 것은 당연하다고 생각하고 또 당연하게 봉사를 했습니다. 나는 뇌병변 장애인으로서 최초의 목사입니다. 신학교도 다른 사람보다 빨리 들어갔고 또 장애인으로서 아무 해택도 받지 않고 대학에 들어간 것도 어떤 사람보다 빠릅니다. 거의 고등학교 졸업하고 들어간 사람들처럼 그렇게 생각하면 됩니다. 그리고 나는 항상 처음이었습니다. 신학교를 들어 갈 때에도 그때는 장애인 특별해택이 없었습니다. 오히려 장애인은 체력장을 안 하기 때문에 20점을 깎고 들어갔습니다. 내가 신학교 들어갈 때에도 뇌병변 장애인은 내가 최초였습니다. 그리고 신대원을 들어갔는데 우리 침례교 신학학교에서 처음에는 나를 잘랐습니다. 왜 잘랐는지 물어 봤더니 "저런 사람이 어떻게 신학공부를 하겠느냐." 였습니다. 말도 못 알아듣고 지능도 없겠다고 생각했다는 것이죠. 그런데 나중에 내가 목사가 된 후 그분들께 왜 잘랐었냐고 다시 물어 봤더니 자기가 한 일은 기억을 못하고 자기가 붙여 주었다는 이야기만 하시더라고요. 그것도 총장까지 지낸 분이 말입니다. 그리고 나는 운전면허도 장애인으로서는 최초로 일반 1종 면허로 시험을 봤습니다. 그러한 것처럼 나는 항상 비장애인과 같이 경쟁을 하며 싸웠습니다.

어쩌면 목사로서 장애가 있다는 것은 크나큰 축복입니다. 하나님을 더 많이 알고 하나님께 더 가까이 갈 수가 있습니다. 왜 그러냐하면 나는 하나님을 부르지 않으면 불가능한 사람이기 때문입니다. 나는 항상 약자였고 주변의 사람들은 나를 이용해 먹든지 아니면 나를 때리는 사람이었습니다. 어릴 적부터 우리 엄마는 나를 나약한 존재로 아니면 너무나 겸손한 존재로 만들었습니다. 만약에 엄마가 나를 조금만이라도 인정을 해주거나 나를 조금만이라도 내 편이 되어주었다면 나는 더 강하고 아름답게 자라날 수 있었을지도 모릅니다. 물론 그래서 약자의 마음을 알게 되었고 항상 약한 사람을 도와주는 그러니까 주위에는 그런 사람만 모여들게 되었고 그런 사람들은 나를 마구 이용하였습니다. 이것이 어떻게 보면 약자의 영성이라고 봅니다. 내 주위에 비장애인 목사들이 많이 있습니다. 겸손한 분도 많이 있습니다. 정말 목사가 겸손하고 낮아지고 그러면 너무너무 존경받습니다. 하지만 나는 조금 달랐습니다. 어쩌면 진짜로 존경도 못받고 예수님의 길을 조금은 이해하게 되지 않았나? 그런 생각을 해봤습니다. 저는 침례교회에서 오래 있었습니다. 물론 기독교장로회 출신으로서 그리스도의 교회 신학을 했습니다. 초대교회로 돌아가자는 환원운동을 하는 교회였습니다. 정말 최고의 신학을 했습니다. 그리스도의 교회에 있고 싶었습니다. 하지만 그리스도의 교회에서는 나를 불러주지도 않았고 침례신학대학원을 나와서 그쪽 목사님들과 교제를 했기 때문에 침례교 지방회에 들어가서 열심히 일을 했습니다. 나는 지방회에서 목사님들과의 관계가 나쁘지 않았습니다. 나는 항상 조직이 이끄는 데로 갈려고 했습니다. 백도 쓰지 않았고 선물이나 뇌물 같은 것도 주지 않았습니다. 나는 신대원을 졸업하고 목사가 되기까지 그리고 신학교를 들어가서 목사가 되기까지 18년이라는 세월을 수련하였습니다. 물론 내가 지방회 목사님들에게 인사라도 잘 드리고 선물이라도 드리고 그랬더라면 목사안수를 조금은 빨리 받을 수도 있었겠지요. 나보다 한참 후배들, 신학교 갓 졸업한 사람들도 관계를 좋게 하여 목사안수를 받는 경우도 있었습니다. 그러나 그러한 사람들치고 제대로 목회하는 사람들은 없었습니다. 나는 항상 조직에 순종하였고 그래야 된다고 생각했습니다.

한국 기독교는 개혁주의 복음계열이 강하기 때문에 자기가 받은 은혜가 최고라 생각합니다. 그래서 한국 교회가 이단도 많이 나오고 안하무인격의 목사들이 많이 나옵니다. 나는 항상 감사하며 살았습니다. 그러니까 나를 음으로 양으로 지금도 아무도 모르는 곳에서 도와주는 사람들이 많이 있습니다. 나를 진짜로 좋아하는 사람도 많이 있습니다. 그런 사람들은 내 앞에 잘 나타나지 않습니다. 나를 위해 소리 없이 기도해주며 도와주는 사람들이 많이 있습니다.

나는 아내를 천사라고 생각하지는 않습니다. 하지만 내 아내가 나 때문에 많이 힘들어 합니다. 너무나 빼앗기고 너무나 바보 같기 때문에 착한 일을 했음에도 불구하고 욕을 얻어먹었기 때문에 아내는 나를 항상 안쓰러워하고 힘들어 합니다. 그래서 아내는 이런 말을 했습니다. "천사랑 사는 일반인은 너무너무 힘들다고," 아닙니다. 아내는 일반인이 아닙니다. 나보다 더 천사입니다. 왜 그러냐하면 나의 아내는 나를 지켜주기 때문입니다. 나를 지켜주는 수호천사가 바로 내 아내입니다. 만약에 내 아내가 없었다면 지금쯤은 아마 사람들한테 다 털렸을 것입니다. 아내가 있었기 때문에 그래도 정말 지혜롭게 살아갈 수가 있습니다. 그리고 나는 아내를 많이 윽박지르기도 하고 많이 구박하기도 합니다. 그것은 왜 그런지 모르겠습니다. 다른 사람에게 못하는 짓을 아내에게 하는 것 같습니다. 어쩌면 많은 목사님들이 나처럼 그런 사람들이 많이 있을 것입니다. 다른 사람한테는 큰 소리 못치고 자기 식구나 그런 사람에게 큰 소리치는 못된 남자랍니다. 이렇게 나는 바보처럼 살아갑니다.

어쩌면 이것이 영성이 아닐까 생각합니다. 그러나 나를 지켜주는 성령의 역사가 있다는 것은 분명합니다. 만약에 내가 말을 못하면 돌들이 일어나서 말할 것이고 만약에 나를 괴롭게 한다면 그 사람은 아주 하나님께서 작살을 낼 것이라고 생각합니다. 그런 사람 많이 봤습니다. 나도 야곱이 14년 동안 바보처럼 삼촌에게 당했음에도 불구하고 나중에는 엄청난 축복과 믿음의 조상이라는 말까지 듣게 됩니다. 그리고 요셉도 마찬가지로 그의 젊은 날을 바보처럼 순종하고 정직했기 때문에 고통을 당하지만 나중에는 이집트 총리가 되고 리더가 됩니다. 나도 엄청난 은혜 속에 살아가고 있습니다. 나의 축복이 어디부터 나왔느냐 하면 감사하는데서 나왔습니다. 마틴 루터는 "지옥에는 감사가 없다." 라는 말을 합니다. 정말 물러설 길이 없으며 낮은 자로서 겨자씨만한 믿음밖에는 없습니다. 내가 그렇게 사용되어지기를 기도합니다.

한국 교회가 썩었다고 이야기합니다. 그러나 지금도 한국 교회는 세계에서 유래 없는 섬김의 능력이 있습니다. 한국 교회는 한국 사람 30프로 이상 주일날 예배를 드리고 그 중에 성인 50프로 이상은 십일조를 내고 섬김의 사역이 있는 곳 아직도 지구상에 없습니다. 그것은 우리가 잘나서 그런 축복을 받는 것이 아니라 하나님께서 내려주신 은혜입니다. 하나님의 축복인 한국 교회는 은혜를 잘 사용하여야 합니다. 나는 한국 교회가 희망이기를 바랍니다. 옛날에 천주교가 썩어서 신음을 할 때에 성 프란치스코는 자기의 자리를 지키며 낮은 자들을 위하여 돕는 인생을 살았습니다. 그 사람은 개혁을 외치지도 않았습니다. 교인들을 모으기 위하여 시끌벅적한 부흥회도 하지 않았습니다. 묵묵히 자기 자리에서 그 자리에서 그 길을 걸어갔던 것입니다. 성 프란치스코가 너무 좋아서 내 이름 앞에 별명으로 "프란체스코 박세아 목사" 이렇게 쓰고 다니는데 물론 내가 프란체스코처럼 살 수 없습니다. 내가 아무리 고난을 받아도 예수님의 고난처럼 살 수 없습니다. 하지만 나는 한국 교회를 위하여 조용히 무릎 꿇고 오늘도 기도하는 마음으로 나의 영성을 실천해봅니다.

세상에 버릴 사람은 없다

세상의 약한 것을 택하사
강한 것들을 부끄럽게 하려 하시며 (고전 1장 27절)

장애인의 역사는 어떻게 될까요? 이집트 미라를 보면 골수염이나 결핵성척추의 흔적이 나오기도 합니다. 신석기시대에서는 장애인이나 병에 걸린 사람에게 악령이 빠져나가도록 머리에 구멍을 뚫었다고 합니다. 장애인은 마귀나 악령이 붙은 자로서 비장애인과 결속할 수 없도록 했다고 합니다. 장애인은 부족의 생존투쟁에 도움이 되지 못하므로 유기나 학대를 당했을 것입니다.

고대 그리스를 보겠습니다. 아리스토텔레스는 “장애아를 양육하지 못하도록 법을 재정하라” 플라톤은 “장애아는 사회에서 격리 시켜라.” 라고 이야기 했습니다. 이렇게 유럽에서는 장애인은 신이 버린 사람이었고 벌을 받는 자였습니다. 그래서 장애인에게 온갖 고문과 사형 등을 집행하였습니다. 서양에서는 이렇게 장애인들의 잔혹한 역사가 있었음을 볼 수 있습니다.

소크라테스는 장애인을 아주 이상적으로 생각하게 하였습니다. 그 자신의 상이 추악한 모습을 지닌 사람으로 전해지는데 그가 평소에 금욕주의자라는데 기인합니다. 그는 육체의 감옥으로부터 벗어나야 정신의 참다운 자유를 볼 수 있다고 하였습니다. 나는 싫습니다. 왜 장애인을 금욕주의자로 만드는 것입니까 나는 그런 참다운 자유를 원치 않습니다. 이렇게 유럽에서는 장애인에 대한 생각자체를 없애거나 없애야 될 사람이거나 철학자들의 놀음에 놀아났다는 사실입니다.

유럽에서는 장애인들을 생존권은 물론 없었을 뿐더러 그들을 제한하는 것들이 여러 곳에서 발견이 됩니다. 궁중의 어릿광대가 그것입니다. 우리도 TV를 보면 장애인들을 부려먹는 주인이나 높은 사람들을 볼 수가 있습니다. 집안에 장애인들을 데리고 있는 사람은 부자로 보았습니다. 그래서 그들에게 잔심부름을 시키거나 욕망의 분풀이로 삼는 즉 나중에는 죽여 버리는 그런 시대입니다. 이 시기에는 "idiot cages"(바보의 철창)가 보통 있었습니다. 이것은 골치 아픈 장애인들을 마을로부터 없애기 위하여 쇠창살을 만들어 마을마다 돌아다니면서 장애인들을 붙잡아 가두고 놀다가 나중에는 불에 태우거나 물에 빠뜨리는 놀이겟감으로 이용되었다고 합니다. 또한 "Ships of fool"(바보들의 배)이라는 배를 만들어 항구마다 장애인이나 부랑자를 싣고 다녔으며 나중에는 배를 태워 버리거나 바다에 버렸다고 합니다. 이것이 중세에 이루어진 사건들입니다.

근세에는 르네상스와 인본주의의 노력으로 장애인의 특징을 합리적으로 이해하려고 노력을 하였고 장애인에 대한 교육과 가능성을 확인하였다. 농아인들의 독화기능을 기술적으로 가르쳤고 중세 이후 의학의 발전에 따라 미신적 편견에 의한 운명론적 장애관을 극복하였고 보다 합리적이고 과학적인 근거 하에서 장애인을 이해하기 시작하였습니다.

현대 사회에서는 많은 복지를 목표로 한 복지사회 건설을 하기 위하여 노력하였으며 1975년 유엔총회에서 장애인권리선언의 채택으로 인하여 독자적인 장애인으로서 재활에 가능성을 인식시켜 주었습니다. 1차 세계대전 이후 근본적 인권선언으로서의 생존권보장과 복지이념이 대두되었습니다. 이렇게 장애인을 위한 각종 입법을 만들었으며 정상화(normalizaton)와 사회통합(socail integration) 개념이 중심되면서 장애인도 정상적인 생활을 할 수 있고 사회에서 더불어 살 수 있다는 생각이 싹트게 되었습니다. 제2차 세계대전 이후 본격적인 재활 서비스를 제공하기 시작하였습니다.

중국의 역사에서 「예기」 제6월령 편을 보면 '그 몸가짐을 삼가지 않는 자는 자식을 낳아도 불구자를 낳을 것이며 반드시 흉한 재앙이 있으리라' 라고 하였습니다. 그런데 여기에서 중요한 것은 중국을 비롯한 동아시아권에서는 장애인은 기본적으로 자기에 맞는 직업을 갖고 자립했던 것으로 나오고 있습니다. 「예기」제5

왕제 편에서는 '벙어리(언어장애), 귀머거리(청각장애), 절름발이(지체장애), 앉은뱅이(지체장애), 난쟁이(왜소증 지체장애), 백공(百工:모든 기술자) 등은 각각 자기의 기능에 따라 일하고 먹는다. 라고 적혀 있는 것을 보면 그 나름대로 장애인에게 접근하는 방법이 쓸데없는 사람이 아니라 기능에 맞는 일을 하는 사람으로 생각하고 있었음을 보여주고 있습니다. 공자는 대단한 장애인 인권 존중가였던 것 같습니다. 「논어」자한 편에 보면 공자는 시각장애인을 대할 때 상복을 입은 상주나 의관을 갖춘 관리와 똑같이 예로 대했던 것입니다. 장애인이 앞에 오면 움직이지 않고 두 손을 모으고 절하는 모습을 취했던 것입니다. 장자는 꼽추 등과 같은 장애인을 통하여 세상의 모든 이치를 달관한 철학자의 모습으로 표현하고 있으며 포정이란 멸시받는 계급에 속해 있는 백정의 소 잡는 모습을 가히 천하합일의 경지에 이른 성인의 모습으로 표현하고 있습니다. 장자도 철학적 사고로 장애인을 보았지만 소크라테스처럼 금욕주의자로 보진 않았다는 사실입니다.

미국에서는 장애인복지를 의사들이 많이 했습니다. 의사라는 직업은 병을 고치는 사람으로 장애인을 볼 때 고칠 수 없는 병이라고 생각했기 때문에 특수교육이나 특수한 곳에서 관리되어져야 된다는 생각을 하게 됩니다. 2백 년 전만해도 미국은 장애인을 수용하는 시설에서 장애인들을 관리했습니다. 그들의 삶은 무척 나빴습니다. 폭행과 여러 가지 안 좋은 일들이 발생했으며 그곳에서는 악취가 풍기고 있었습니다. 그러한 모습을 로버트 케네디 상원의원이 뉴욕의 윌로 브르크를 기자들을 동반하고 방문하여 비인간적인 모습과 조건에 대해 상하 양원의원들이 모인 곳에서 연설을 합니다. 그럴 때 그곳에서 찍은 버든발트의 「Christmas in Purgatory」라는 사진첩을 발간해서 세상 사람들에게 고발을 했습니다. 그래서 이때부터 대형화된 장애인 시설에 대한 인식이 바뀌게 되었고 소규모 시설을 운영해야 되겠다는 생각을 하는 계기가 되었습니다. 일본도 1980년대에 섬에다 좋은 장애인 시설을 만들어 놨지만 장애인에게는 이런 시설이 좋지 않다는 것을 생각하게 되었습니다.

우리나라는 어떻게 되었을까요? 삼국시대나 고려시대 조선시대에는 중국의 영향으로 그들에 맞는 기능적 역할을 할 수 있도록 직업을 주기도 했는데 그 한 가지가 시각장애인들에게 음악을 연주하게 하는 것이었습니다. 그리고 조선시대 때에는 장애인들도 제상의 자리에 오르는 사람도 있었던 것을 보면 장애인을 인간적으로 무시하거나 차별하지는 않았던 것으로 보고 있습니다. 물론 그 당시에는 누구나 어려웠기 때문에 장애인들 또한 아주 좋았던 것은 아니겠지요. 그러나 장애가 있다고 해서 정책적으로 피해를 보지는 않았던 것입니다. 세종13년(1431년) 한국 3대 악성 중에 하나인 박연 선생께서 세종대왕에게 이런 말을 했습니다. "옛날에 제왕들은 모두 시각장애인에게 현송(거문고를 타며 시를 읊음)의 임무를 맡겼으니 이는 세상에 버릴 사람은 아무도 없기 때문인 것입니다." 라고 말을 했다고 합니다. 맞습니다. 세상에는 버릴 사람은 없습니다. 장애인들도 정상적인 사고와 생각을 하고 또한 존중을 받아야 하며 기회를 똑같이 주어야 합니다. 그래야 이 세상이 더욱 행복해 질 것입니다.

미치도록 행복한 어린왕자

우리 가족들은 자기만의 가진 독특한 것들이 많이 있습니다. 때로는 너무나 어렵고 힘들 때가 너무 많이 있습니다. 그러나 미소를 짓게 만드는 경우도 있습니다. 우리 가족들은 예배를 드릴 때 글씨도 모르고 글도 모르는 친구의 성경책과 찬송가를 보고서 따라서 찾습니다. 그러면 바보가 바보의 것을 보고 찾는 구나 생각을 하면 재미있을 때가 많이 있습니다. 아침에 일어나면 샤워를 같이 합니다. 갑자기 똥이 마렵다고 하면 얼른 변기에 앉힙니다. 똥 냄새가 독해서 헛구역질을 해도 바지에다 안 싼 것을 다행이다 생각하며 똥을 닦아주고 오줌을 닦아주고 감사를 느끼며 또 함께 목욕을 합니다. 이빨을 닦을 때도 내가 꼭 필요합니다. 우리 가족들 중에 인지가 낮은 분들이 이빨 닦는 것이 제일 어렵습니다. 이런 친구들을 위하여 이빨에 음식물 찌꺼기가 없어지도록 하나하나 관리해야 되기 때문에 제일 중요합니다.

샤워를 할 때는 물 틀고 소소한 것부터 시작해서 옷 입고 옷 벗고 잘 때까지 하나하나 얘기를 해줘야 하는 친구도 있습니다. 함께 밥을 먹고 함께 놀고 함께 살아갑니다. 처음에는 가족이 아니었는데 처음부터 가족처럼 느껴지고 지금까지 가족처럼 살아왔습니다. 우리 모두는 행복한 바보들입니다. 어쩌면 행복한 어린왕자들이라고 할 수도 있습니다. 이분들은 이분들만의 생각이 있고 언어가 존재하기 때문입니다. 이분들의 식으로 웃고 이분들의 코드로 다른 사람들이 이해 못하는 행복으로 그것들을 이해하며 살아갑니다.

어린왕자에서 보아뱀을 그렸을 때 다른 사람들은 모자로 봤습니다. 그런데 그것은 모자가 아니라 코끼리를 삼킨 보아뱀이라는 것입니다. 이렇게 다른 사람들은 이해 못하는 그림이 있고요, 언어와 행동과 그림도 다른 사람들은 이해하지 못하지만 우리는 서로 서로를 이해할 수가 있다는 거죠. 우리 모두는 바보가 되어야지 이해할 수 있는 세계에 들어온다는 것입니다. 이 지구에 사는 우리들과 어린왕자가 똑같다는 생각이 듭니다. 어린왕자는 지구에 왔을 때 장미꽃이 많다는 것에 대해서 충격을 받게 됩니다. 너무나도 아름답고 유일한 존재라고 생각했던 장미꽃이 흔하지는 않은 꽃이었다는 사실이 큰 충격이었다는 것입니다.

우리도 마찬가지입니다. 우리 가족들 하나하나가 내 인생에서는 최고의 존재감을 줄 수 있는 사람들이라는 것입니다. 그렇게 어린왕자는 자기 별에 있는 장미를 생각하면서 자기가 책임을 져야 될 사람이라고 생각했던 것입니다. 나도 마찬가지입니다. 나도 이분들 행복공동체 가족들을 내가 책임을 져야 될 존재라고 생각을 합니다. 그리고 그렇게 슬퍼하는 어린왕자에게 여우가 찾아옵니다. 여우와 만나서 여러 가지 얘길 했는데 여우는 길들여진다는 것의 의미를 가르쳐 줍니다. 여기서도 길들여진다는 것은 서로에게 특별한 존재가 된다는 것을 말한다고 합니다. 우리 가족들도 그렇습니다. 나와 우리 가족은 서로에게 단 하나밖에 없는 특별한 존재입니다. 그것이 바로 길들여진다는 것이라고 어린왕자에서는 이야기하고 있습니다.

장미와 어린왕자는 서로에게 길들여졌기 때문에 장미는 어린왕자에게 단 하나밖에 없는 소중하고 아름다운 꽃이었던 것이었습니다. 나는 큰 시설을 운영하여 본적이 없었습니다. 우리 주위 사람들도 공동생활가정을 운영하다가 크게 운영하시는 분들을 봅니다. 내가 볼 때도 욕심이 눈에 보입니다. 지금까지 이분들을 섬기면서 인위적으로 어떤 일들을 만들어 보려고 하지는 않았습니다. 그저 이분들을 최고로 생각하고 내 주위에 존재하는 사람들에게 최선을 다해서 섬겨왔습니다. 여기에 있다가 떠난 사람들도 있습니다. 나의 잘못으로 떠난 사람들이지만 그들도 생각할 것입니다. 박세아 목사가 진국이었다는 사실을 말입니다. 사람들은 순간의 이익이나 서운함 때문에 순간적으로 소중한 사람들을 잃어버리고 나쁜 짓을 하는 경우가 있습니다. 그런 사람들은 나중에 후회를 합니다.

어린왕자에서는 이렇게 얘길했습니다. 너의 장미꽃이 그토록 소중한 이유는 그 꽃을 위해 네가 공들인 시간이기 때문이야. 라고 여우는 얘기하였습니다. 그렇습니다 우리 가족들도 이 어린왕자에서처럼 서로에게 소중한 존재가 된다는 것이지요. 나도 마찬가지입니다.

나도 이 세상에서 어린왕자입니다. 어린왕자처럼 세상 물정도 모르고 지구인들과는 많이 다른 세계서 온 것처럼 그렇게 느껴질 때가 많이 있었습니다. 내가 바로 이 시대의 어린왕자가 아닐까 싶습니다. 사람은 누구나 가슴속에 깊은 외로움을 간직한 채 살아갑니다. 나도 이 지구에서 외롭고 고난을 받으며 힘들게 살아갑니다. 우리는 누구나 자기만의 소행성 속에서 살고 있고 그 안에서 의미 없고 지루한 일과를 반복하게 됩니다. 그랬을 때에 자기 자신을 발견하게 되는 거죠. 나도 장애인이지만은 장애인들과 사는 것을 원하지 않았습니다. 나는 이 일을 하면서도 장애인들과의 관계를 벗어나려고 무진장 노력을 했었던 것입니다. 그냥 비장애인들과 그 속에서 일하고 싶었습니다. 그래서 일반 목회도 했고 그게 나쁜 것은 아니었습니다. 나에게도 큰 추억이었지만은 하나님께서 계속해서 장애인들과 관계 맺게 했고 그분들의 소중한 것들을 발견하며 외로움을 덜어주는 역할을 하라고 그 책임을 다하라고 하나님께서 이곳으로 나에게 오게 했던 것입니다.

우리는 여우의 말처럼 우리가 다른 누군가에게 길들여지고 또 보고 싶은 특별한 존재가 된다면 우리는 외로움도 이길 수 있으며 진정한 나를 찾아가는 방법이 아닐까요.

이 세상에서 과연 나는 누구일까요? 나는 바로 너와 나 우리 모두에게 존재가 되는 본질을 찾아가는 사람들이라고 생각이 되는 것입니다. 그것은 바로 서로가 서로에게 길들여지고 서로에게 아름다운 존재로 남는 것입니다. 그것이 바로 행복공동체가 나아가야 할 길이라고 생각합니다. 이렇게 행복공동체는 속에는 누구에게도 대접받지 못하고 누구에게도 인정받지 못하는 이들이 있다는 겁니다. 내가 하나님의 종으로 받은 사랑을 이분들에게 갚아주려는 마음입니다. 예수님의 아름다운 걸작품이 있는데 그걸 어느 누구도 바라보지 않는 존재로 있다가 나에게 바라 볼 수 있는 그 눈을 주셨다는 것입니다. 그래서 나는 오늘도 어린왕자들에게 나의 몸을 바치고 이것이야 말로 가장 행복한 시간이고 특별한 사랑이라는 것을 깨닫게 되었습니다. 특별하고 아름다운 존재로 인식된다는 것입니다. 그럴 때 우리 모두는 아름다운 어린왕자들이 되는 것이지요.

나누며 사는 세상

나는 유성지역에서 섬기면서 살아왔습니다. 나누며 사는 세상을 꿈꾸며 아름다운 것들을 생각하며 나눔의 꽃을 피우려고 나름대로 노력을 많이 했습니다. 만나는 사람마다 인사하며 나누고, 사랑을 전하며 나누고, 여러 가지 아름다운 것들을 행하면서 나누었습니다. 우리집 행복공동체와 한국행복한재단은 행복을 나누며 사는 것들을 가르쳐주는 자원봉사센터이기도 합니다. 그래서 자원봉사 학생들과 또 어머니들 모임을 6년 이상 섬기며 왔습니다. 그리고 자원봉사자들이 올 때는 내가 여러 가지 그분들을 섬기고 있습니다.

학생들에게 좋은 강의를 통해서 세상의 고난을 이기게 하고 부모님께 효도하라는 말을 하며 섬김의 길을 가르쳤습니다. 지금까지 그러한 길을 걸어왔고 나는 항상 우리 자원봉사들이 오면 교육하며 체험하는 것들을 많이 하고 있는데 고난과 좌절에서 모든 것을 이기고 또 희망을 바라보면서 행복으로 몰입하는 것들을 강의를 합니다. 그래서 나는 자원봉사자들이 오면 내가 자원봉사를 받는 것도 있지만 그들에게 무엇인가를 줄려는 노력을 하며 살아왔습니다. 오랜 세월 섬김과 사랑을 주면서 어떻게 하면 행복할 수 있을까? 서로 생각할 수 있도록 그렇게 이야기를 했습니다. 그리고 학생들에게는 이런 말을 합니다. "10년 후가 됐건 20년 후가 됐건 꼭 나를 찾아와라. 너희들은 나의 인생 실험 대상자이다." 그렇게 애기하면서 장애인의 어려운 점과 장애인의 역사와 인문학 강의, 인권 교육, 성폭력 교육, 부모 교육 등 이러한 것들을 교육 시켜줍니다. 이렇게 우리는 정말 사람들에게 힘과 꿈을 주며 희망을 줄 수 있는 그러한 공동체를 만들었습니다.

나는 이곳이 그러한 것들을 펼칠 수 있는 선교센터라고 생각을 하고 있습니다. 왜 그러냐 하면 여기에서 좋은 나눔을 가르쳐주고 좋은 어떤 인내를 가르쳐준다면 이 아이들이 크면서 고난과 좌절을 만났을 때 딛고 일어서서 그들 또한 나눔의 정신으로 이 세상을 살아갈 수 있기 때문입니다.

내가 생각하는 것인데 사회복지시설이나 아니면 자원봉사 이러한 것들을 운영하는 사람들은 오히려 자원봉사를 잘 못합니다. 그러한 사람들은 지금까지 받고만 살았기 때문에 주는 것에 인색합니다. 물론 있는 것은 주고 들어온 것을 나누어 주고 그런 것은 잘 할 수 있겠지만 내가 내 몸 들여서 시간을 내어서 어떤 기간을 두고 자원봉사를 해라 그러면 엄청 힘들어 하고 또 그러한 것들을 하지 않으려는 것들이 있습니다. 왜 그러냐 하면 그 사람들은 자원봉사를 이용만 하고 받아만 했기 때문입니다. 아내가 금요일마다 반찬봉사를 나갑니다. 교회서하는 반찬나눔행사인데요. 아내는 거기서 아주 좋은 것을 깨달았다고 합니다. 이 콩나물 반찬 하나가 우리집에 들어왔을 때는 별거 아니게 먹었지만 거기에서 콩나물을 다듬고 콩나물을 찌고 콩나물 양념을 해서 반찬으로 만들어서 우리집에 오기까지 힘든 과정이 있었다는 것을 이야기 했습니다. 그동안 우리도 누군가가 물품을 주면 그냥 주나보다 이건 맛이 없다. 그렇게 생각한 적도 많이 있습니다. 하지만 아내가 그런 말을 했을 때 나도 깊이 생각하는 것들이 있었습니다. 아~ 그동안 우리가 그냥 받으면서 감사할 줄 몰랐고 또 내가 그러한 것들을 실천하는데 조금은 인색하게 되었구나. 그런 생각을 했습니다. 물론 나도 일부러 시간을 들여서 내가 다른 이웃에게 많이 나누어 주고 봉사도 많이 하고 또 하려고도 노력하고 있습니다. 하지만 시간을 들여서 봉사하는 것은 조금 어려웠습니다. 이번에 공동모금회와 그리고 전자통신연구원에서 김장을 만들고 쌀을 주는 그런 행사가 있었습니다. 공동모금에서는 자원봉사자가 많이 없기 때문에 우리 시설 사람들이 와서 자원봉사를 하고 김치를 만들어 가라는 것이었습니다. 나는 너무너무 좋았습니다. 아~ 우리가 만들어서 또 그걸 가져오게 됐구나, 그런데 김장이라는 것은 안 해 본 사람은 모릅니다. 너무너무 힘들고 어렵습니다. 배추를 사고 배추를 절이고 오랜 시간부터 준비과정이 필요합니다. 하지만 우리는 오늘 그날 하루 가서 한두 시간 일만하면 김치가 우리한테로 오는 것입니다. 얼마나 좋은지 몰랐습니다. 그래서 나와 아내는 그 공주 꽃이랑 마을에 가서 봉사를 했습니다. 나도 할 수 있는게 있더라고요. 그래서 비닐봉지를 박스에 끼우는 그런 작업을 했습니다. 내가 한 작업이 중요하진 않지만 그래도 꼭 필요한 작업입니다. 비닐봉지를 박스에 끼워야지 김치 담은 것을 비닐에 잘 넣을 수 있는데 그렇게 박스 위에다 잘 씌워주면 김치 담은 것을 그 안으로 쏙 집어넣기 때문에 아주 중요한 작업입니다. 근데 어떤 사람은 거기에 온 사람들 중에는 사회복지 쪽에서 시설이나 기관에서 일하는 분들이 참 많이 있었습니다. 그 사람들은 조금 불만인 사람도 있었습니다. 아 내가 노는 날 여기 와서 이런 일 해야 되나, 그런 생각을 하는 사람들도 있었습니다. 물론 그런 사람들은 직장이기 때문에 또 직장생활이 어렵고 일이 많고 그렇기 때문에 또 그런 말을 할 수도 있었습니다. 하지만 내가 월급을 받고 있는 직장을 위해서 하루에 한 시간이나 두 시간을 와서 아름다움을 실천할 수 있다는 것도 좋다고 생각합니다. 그래서 우리는 아름답게 좋은 동산에서 김장을 하고 또 점심식사도 다같이 맛있게 먹었습니다. 그리고 그 시골에서 나는 깻잎이라는 것들이 너무 맛있어서 너무 좋았습니다. 오늘 김장을 스스로 만들고 스스로 해서 스스로 우리가 나눌 수 있는 그러한 세상을 만든 것에 대해서 너무 기쁘고 좋았습니다.

물론 나눔에는 한계가 있습니다. 도와줘야 할 사람들은 많이 있습니다. 또 안 도와 주면 나를 욕하기도 합니다. 자기들에게 조금이라도 해가 가면 나를 욕할 때가 많이 있습니다. 하지만 나는 이렇게 나의 시간과 에너지를 들여서 서로 나눔의 공동체를 만들었다는 것은 너무 좋은 시간이었다고 생각합니다. 앞으로도 행복을 위해서, 아름다운 것들을 위해서 나눔의 정신을 펼쳐야 된다고 생각을 합니다. 나는 우리 행복공동체에서 자원봉사자들과 함께 뒹굴고 함께 놀고 그러한 것들이 너무 행복합니다.

사랑으로 시원케 하라

***힐링하는 기차여행**

2013년의 여름 날씨는 이상했습니다. 원래 7월 중순과 8월 중순 사이에는 큰 비가 내리는데 보통 1시간에 30밀리 이상이나 내립니다. 하지만 올해는 중부지방에는 집중호우로 고생을 하였고, 남부지방에는 폭염으로 힘들어 했습니다. 원래 나는 여름만 되면 가족여행을 갔었습니다. 올해도 가족과 함께 여행을 가고 싶었습니다. 그렇지만 고 3짜리 딸은 공부해야 되기 때문에 안 되고, 아들 녀석은 사춘기라 안 된다고 했습니다. 원래 고 3짜리 딸도 데리고 가고 싶었습니다. 그러나 딸이 "고 3이 여행가면 다른 사람들의 시선이 곱지 않다고 올해는 참는다."고 했습니다. 아들 녀석은 사춘기라서 혼자 있는 시간을 좋아하고 엄마, 아빠보다 친구를 더 좋아 합니다. 그러나 이번 여행을 안 가는 이유는 누나가 안 가기 때문이었습니다. 엄마, 아빠랑은 함께 가는 것이 어색한가 봅니다. 나이도 그럴 나이에다 지금 초등학교 6학년 엄마, 아빠와 잘 놀던 녀석이 엄마는 밥해주는 사람, 아빠는 엄마 옆에 있는 사람으로만 생각하는 것 같았습니다. 그리고 아빠인 나는 밥해주는 엄마보다 더 찬밥신세입니다. 때로는 밥해주는 아내가 부러울 때도 있습니다. 아들이 나를 바라보는 눈이 살갑지 않고 무표정인데, 그래도 엄마는 생활적인 것을 챙겨주고 밥도 해주면서 오순도순 이야기하는 모습이 그렇게 정다워 보일 수가 없습니다.

그래서 올 여름은 아이들과 여행을 하는 것은 어렵다고 판단을 했습니다. 강원도 태백에서 사역을 하시는 조정근 신부님이 계셨습니다. 우리 부부는 색다르게 조금은 마음을 차분히 느리게 하는 여행을 하고 싶어서 기차를 타고 태백으로 갑니다. 그동안은 고속도로로 빠르게 다니던 것과 다른 느낌이었습니다. 내 차를 타고 달리면 고속도로 안의 풍경과 지명 그리고 차들만 지나갑니다. 자연이나 주위 환경은 그렇게 자세히 보이지 않습니다. 그러나 기차를 타자마자 큰 유리창으로 들어오는 파란 하늘과 녹색의 산과 강들은 나의 눈을 색칠을 했습니다. 그다지 크지 않은 역도 섰고 나무, 바위, 계곡 그런 것들이 눈에 들어왔습니다. 대전역에서 기차를 타고 제천에서 환승하여 태백까지 가는 길, 느릿느릿 무궁화호는 자전거타고 지나가는 농부, 어느 곳인가를 향해 지나가는 차들, 여름 태양을 피해 그늘로 들어선 피서객들 이곳저곳에 데려다 줍니다. 마을마다 여러 가지 색으로 칠해져 있는 지붕들을 볼 수 있었고, 낯 설은 지명들이 나타나 눈에 들어오기 시작했습니다. 다섯 시간 정도 지나서 태백에 도착하니 신부님이 마중을 나오셨습니다.

태백은 아주 높은 지대라 서늘했습니다. O2리조트 안에 있는 스키장은 초록 잔디로 덥혀 있었기 때문에 큰 언덕이 알프스 같았습니다. 그곳에서 불어오는 시원한 바람을 맞으며 이야기꽃을 피웠습니다. 서로 생각하는 점과 목회적 관점이 비슷했습니다. 어쩌면 신부님께서 나의 이야기를 들어주고, 지지해주는 것이었을 것이었습니다. 이렇게 태백의 아름다운 산하와 사람들을 만나서 그동안 묵혔던 이야기를 했습니다. 태백은 옛날에는 탄광촌으로서 16만이 넘는 큰 도시였습니다. 그러나 지금은 탄광산업의 저조로 3만 명 정도의 사람이 살고 있다고 합니다. 우리는 밤까지 너무나 소중한 이야기를 나누었고 서로의 생각을 들을 수 있는 기회도 가졌습니다. 다음날은 주일이라 미사를 드리는데 성도들이 20명 남짓하게 모였습니다. 시골의 성도들이 아름답게 예배하는 모습이 순박해 보입니다. 내가 설교를 할 때 성공회 교회 성도들이었기 때문에 처음에는 '아멘' 하는 것이 어색했지만 설교가 진행됨에 따라, 내 마음을 알고 진정성을 느껴서인지 서로가 하나 되는 모습이 참 좋았습니다. 우리를 위하여 성도께서 호

박과 가지 야채 등을 신문으로 싸주셨는데 아주 단단하게 꼭 싸주셨다. 그분들의 섬김에 감사할 따름입니다.

우리는 태백에서 기차를 타고 영주 문경을 지나며 점촌에 도착했습니다. 오랜만에 만나는 대전과 부여에서 노숙인 사역을 하셨던 임정택 목사님이 우리를 반겼습니다. 그 목사님은 함창과 점촌에서 생활적인 목회를 하시는 분이십니다. 어려운 청년들과 함께 하는 살아 있는 목회를 합니다. 그분들과 함께 일하고 기도하는 공동체적 삶을 살고 있습니다. 우리는 그곳에서 좋은 사람들을 많이 만났습니다. 이렇게 아내와 나는 여름여행을 보냈고 나의 삶은 기차처럼 느리지만 올 여름은 시원했습니다. 상주에서 김천으로 또다시 김천에서 대전으로 오는 길은 새롭고 각 역을 들릴 때 마다 다르게 추억이 떠올랐습니다. 김천을 지날 때는 고등학교 시절에 친구들과 콜라텍을 갔던 일이 생각이 났고 영동을 지날 때는 고향 생각이 났습니다. 우리는 열차카페에서 차를 마시며 여행의 마지막을 즐겼습니다. 환승할 때 오래 기다리고 또 느리게 달려왔지만 요번 여름은 색다른 추억이 됐습니다. 기차 안의 풍경은 옛날이나 변한 것이 없었습니다.